MW01687203

Raftul Denisei

Colecție coordonată de
DENISA COMĂNESCU

NARINE
ABGARIAN

VIAȚA E MAI DREAPTĂ DECÂT MOARTEA

Traducere din rusă de
LUANA SCHIDU

HUMANITAS
fiction

La prețul de vânzare se adaugă 2%,
reprezentând valoarea timbrului literar.

Ilustrațiile sunt semnate de Sona Abgarian.

Redactor: Ștefania Nalbant
Coperta: Angela Rotaru
Tehnoredactor: Manuela Măxineanu
Corector: Alina Dincă
DTP: Florina Vasiliu, Veronica Dinu

Tipărit la Artprint

NARINE ABGARIAN
DALȘE JIT
Copyright © Narine Abgaryan, 2018
All rights reserved.
First published in the Russian language by Astrel imprint, St Petesburg, Russia.
The publication of the book was negociated through Kessler Agency
and Banke, Goumen & Smirnova Literary Agency (www.bgs-agency.com).

© HUMANITAS FICTION, 2024,
pentru prezenta versiune în limba română

Descrierea CIP a Bibliotecii Naționale a României
ABGARIAN, NARINE
Viața e mai dreaptă decât moartea / Narine Abgarian;
trad. din rusă de Luana Schidu. – București: Humanitas Fiction, 2024
ISBN 978-606-097-479-6
I. Schidu, Luana (trad.)
821.161.1

EDITURA HUMANITAS FICTION
Piața Presei Libere 1, 013701 București, România
tel. 021/408 83 50, fax 021/408 83 51
www.humanitas.ro

Comenzi online: www.libhumanitas.ro
Comenzi prin e-mail: vanzari@libhumanitas.ro
Comenzi telefonice: 0723/684 194

În loc de prefață
Zanazan

— Zanazan! Hei, Zanazan! Vrei o pară?

Zanazan are gene lungi și ochi liliachii. Păr des, arămiu, fără fire albe. I se ondulează în bucle rebele la tâmple.

Îi întind o pară. Se uită prin ea cu o privire fixă.

— Ia para, Zanazan.

Clatină din cap.

Zanazan are pielea măslinie cu pistrui roșcați. Așa ceva e neobișnuit prin părțile noastre, nu mai e alta ca ea.

— Ce să-ți mai dau?

Își acoperă gura cu dosul palmei – linia vieții e neclară, scurtă, se întrerupe la jumătatea drumului.

— Zanazan?

— Îm?

— Vorbește cu mine.

Tace. Are degete palide, lungi, cu un inel simpluț pe arătătorul mâinii stângi. Stă cu picioarele încrucișate nostim. Pe gleznă are o zgârietură în formă de semilună.

— Când ai reușit să te rănești?

Ridică din umeri. Zâmbește absent, ca pentru sine.

Îmi vine s-o îmbrățișez, s-o strâng la piept, dar nu se poate. Lui Zanazan nu-i place s-o atingi.

— Dacă aș putea, ți-aș face portretul.

Mă privește neîncrezătoare. După câteva clipe de șovăire, ia para.

— Spune-mi ceva, Zanazan.

Pleacă, închizând cu grijă ușa în urma ei.

O urmăresc cu o privire gânditoare cum coboară treptele – un rând de scări, apoi încă unul. Iese din holul înghețat în curtea scăldată în soare.

— Zanazan! Hei, Zanazan! o strigă liota de copii.

Zanazan merge mai departe fără să se întoarcă. Cosița îi stă aruncată pe umeri, prinsă la vârf cu un elastic caraghios.

Războiul a prins-o însărcinată. Contracțiile au început în timpul unui bombardament. N-ai cum să chemi salvarea – telefoanele sunt mute, la vecini nu poți să ceri ajutor – cum să pui oamenii să-și riște viața? A răbdat până în ultima clipă. Când durerea a devenit de neîndurat, și-a luat soțul și s-au dus la spital. Pe bărbatu-său l-au secerat niște schije, copilul n-a putut fi salvat.

— Zanazan! Hei, Zanazan! strigă liota de copii.

Ea merge înainte, fără să se întoarcă.

Locuiește împreună cu soacra ei.

— Cui o să te las când m-oi duce? se vaită soacra.

Zanazan zâmbește scurt, fără să se tulbure. Îi întinde para.

— Mmmmm!

Are gene lungi și dese și ochi liliachii. A mai văzut cineva ochi liliachii? Eu am văzut. La Zanazan.

Mereloț

Ghinamanț Metaksia iese din casă dimineața devreme, când zorii abia se-arată. Un stol de rândunele țâșnit din pâlcul de chiparoși se înalță în rotocoale, fluturându-și aripile ascuțite pe pânza tot mai luminoasă a cerului. Cad fără zgomot primele picături de rouă – dese, dătătoare de viață –, petrecând noaptea la plecare. Încurcând momentele, un greier își pornește cântecul prelung: cri, cri, cri.

— Bună dimineața, amărâtule, îl salută gânditoare Metaksia.

Greierul, parcă auzind-o, își întrerupe cântecul la jumătate și rămâne tăcut.

Astăzi e Mereloţul[1]. Potrivit tradiţiei, oamenii merg mai întâi la slujba de pomenire şi abia apoi la morminte. Metaksia înainte respecta şi ea tradiţiile, dar la un moment dat a hotărât că nu se cuvine să laşi vizita la cei adormiţi pe mai târziu: la ce le foloseşte lor liturghia, de vreme ce se află într-o lume în care nimic din ce e omenesc nu are importanţă? De aceea mai corect ar fi, a judecat ea, ca în ziua pomenirii să mergi mai întâi la cimitir şi abia după aceea să te ocupi de alte treburi. Ca să-şi risipească îndoielile, s-a dus să ceară sfatul preotului. Acesta, după ce a ascultat-o, a încuviinţat din cap: Fă cum socoteşti că se cuvine, şi dacă eşti mai liniştită aşa... Metaksia era mai liniştită aşa.

Cimitirul e departe. Drumul pavat cu pietre de râu se unduieşte printre case, iar mai departe, bifurcându-se brusc, urcă pe coama dealului, unde, înghesuindu-şi gardurile joase unele în altele, se tot înmulţesc sălaşurile de pe urmă ale berdenilor. Oamenii se duc de parcă s-ar lua la întrecere. Parcă nu demult mormântul lui Razmik era la margine, iar acum după el au mai apărut trei rânduri. Metaksia i-a găsit un loc cu spaţiu

1. Ziua vizitării mormintelor. (N. a.)

larg și mult cer. A cerut să fie pus în dreapta, la umbra salciei plângătoare. În stânga, când o veni vremea, o să fie pusă ea, deja s-a învoit cu groparul Țatur, ba chiar i-a dat și banii înainte. Țatur n-a vrut, dar ea a insistat: „Uită-te la tine, ești numai piele și os. Dacă m-o lua moartea iarna, când o fi frigul mai mare? De unde o să ai putere să sapi pământul înghețat? Așa, îți torni o farfurie de ciorbă de fasole, o dregi cu niște jumări de porc, bei un păhărel de rachiu... Și ție o să-ți fie bine, și mie o să-mi facă plăcere, o să fie ca și cum te-aș servi eu!" Țatur a luat banii, dar în primăvara următoare s-a înfățișat la Metaksia și i-a săpat grădina. „Nu te simți în stare să te desparți de cazma?" a glumit ea. „Deja sunt rudă cu ea", a zâmbit strâmb Țatur, proptindu-și umărul în coada de lemn.

Și uite-așa au trecut ani buni. Primăvara îi sapă grădina, toamna o ajută la strânsul cartofilor și al porumbului. La început Metaksia l-a tot implorat să nu mai facă asta, apoi s-a resemnat. Dacă vine, înseamnă că așa o trebui. În semn de recunoștință, le croșetează copiilor lui Țatur căciuli cu pompoane mari. Are trei, unul mai mic ca altul. Cu căciulițele astea multicolore, arată ca niște piticuți veseli.

La cimitir e așa o liniște, că nici cântecul triluitor al mierlelor n-o poate tulbura. Metaksia curăță mormântul cu mare grijă: spală și șterge bine gardul, smulge buruienile, udă florile. Când șterge piatra de praf și pete de ploaie, datele nașterii și a morții ies la iveală ca un reproș mut. Își ține răsuflarea până o părăsesc puterile. Se poate oare să te împaci cu moartea celor tineri? Șaptesprezece ani, să fi tot trăit!

După ce termină curățenia, aprinde câteva grăunțe de tămâie în candelă, scăpărând atent chibritul. În timp ce vântul dimineții împrăștie fumul cu miros dulceag, Metaksia șade pe băncuța îngustă și, cu mâinile împreunate pe genunchi, privește dincolo de orizont. Acolo, după dealul cocârjat din depărtare, a rămas mormântul soțului ei: nici cu strigătul, nici cu zborul nu-l ajungi. Cine-ar fi putut gândi că partea ei de fericire avea să fie atât de scurtă? A crescut într-o familie iubitoare – tata, mama, trei frați mai mari. La viața de femeie căsătorită nici nu visa – n-o ajuta înfățișarea: nas mare, un ochi sașiu și buze aproape inexistente. Împăcată cu soarta-i singuratică, avea grijă de nepoți, pe care-i iubea mai presus de orice. Dar, după ce a împlinit patruzeci de ani, cu totul neașteptat pentru ea, s-a măritat – cu tatăl lui Razmik. S-a mutat peste graniță, în Omarbeiliul lui natal, cu cinci familii armenești și șaptezeci azere. Razmik avea treisprezece ani, vârstă dificilă, tulbure, tatăl lui nu se descurca cu el. În sat era privit cu milă – bietul orfan, după ce că-și pierduse mama, taică-su se însurase aproape imediat cu alta. Unde s-a mai văzut ca o mașteră să-și iubească fiul vitreg?! O să aibă copiii ei, flăcăul o să fie nevoit să-și ia lumea-n cap. Metaksia n-a luat în seamă clevetelile, dar în adâncul sufletului se temea și ea că după ce o să aducă pe lume propriul copil o să se îndepărteze de Razmik. Apoi, n-a reușit să rămână însărcinată. Patru ani mai târziu nu mai avea soț – s-a prăpădit noaptea de un atac de inimă: a strigat de durere, s-a zbătut, atingând-o cu cotul, și a amuțit. Razmik a refuzat categoric să se mute în Armenia, cu toate că Metaksia l-a rugat foarte mult. „Unde să mă duc, am școală, sunt în ultimul an!" s-a stropșit el. Ea a cedat, dar l-a pus să-și dea cuvântul că o să plece împreună când o să intre la facultate. Razmik s-a învoit, dar cu condiția ca ea să mute mormântul părinților lui în Berd. Ea s-a supărat de-a binelea: Cum ți-ai putut închipui că o să-i las aici? A îmbrățișat-o, izbucnind în plâns. Din ziua aceea a început s-o numească a doua mamă. Uneori doar A Doua. Ea, în glumă, îl numea Primul. Și trăiau așa, strigându-se unul pe altul: Primul – A Doua, A Doua – Primul.

Când s-a pornit războiul, cei din satele de pe graniță nu și-au făcut prea multe griji – oamenii erau prieteni de familie de zeci de ani, mergeau în vizită unii la alții. Războiul e undeva, departe, n-are treabă cu noi, ziceau ei fără a se îndoi o clipă. Așa să dea Dumnezeu, era de acord Metaksia. De aceea a și plecat cât se poate de liniștită să-și viziteze mama ușor bolnavă. A făcut doar de mâncare și a rugat o vecină să-i strângă rufele de pe sârmă – Razmik avea să uite. Noaptea târziu a sosit vestea că în Omarbeili sunt tulburări: dinspre graniță se auzeau împușcături și se vedeau câteva case arzând. A reușit să se întoarcă acolo abia după două zile. Casa era în picioare, întreagă și nevătămată, doar poarta era îndoită de o lovitură cu ceva greu. Metaksia și-a trecut degetele peste îndoitură, simțind cu mirare atingerea aspră a metalului corodat. Pe frânghii, rufele atârnau uscate, bățoase. În casă era o liniște atât de adâncă, de puteai să-ți auzi bătăile inimii. Razmik nu era nicăieri, dar l-a găsit în curtea din spate, acoperit de-a valma cu bulgări de pământ și cu uneltele de grădinărit. Metaksia i-a luat pământul de pe față și l-a ținut în mâini. Fără să-și dea seama ce face, a mâncat un pumn, înecându-se de groază și durere și vărsându-și restul în sân. A aprins soba și a pus apă la fiert. A scos din pivniță o găleată mare, în care a înmuiat lână. L-a dus în casă pe Razmik. L-a spălat cu grijă, fără să respire – parcă temându-se să nu-l trezească. Realizând că nu-l văzuse niciodată gol, a început să-i vorbească în șoaptă, ca să-și ascundă stânjeneala: „Ce chipeș ești, băiatul meu, ce trup frumos ai! Cum sunt toate numai bune la tine – pentru viață, pentru fericire. Dacă n-ar fi rana din burtă... dar o s-o bandajez, ca să nu-ți strice frumusețea. O să te îmbrac în costumul pe care l-am cumpărat pentru absolvirea școlii. O să-ți pieptăn părul ciufulit pe spate – nu m-ai lăsat niciodată, dădeai din cap, te strâmbai – nu mă atinge, îmi stă bine și-așa! Ai o frunte înaltă, curată, și nu voiai s-o descoperi..."

La pantofi a fost nevoită să renunțe, nu-i intrau pe picioarele zdrobite. „Poți să omori pe cineva, numai fă-o așa încât să nu se chinuie. La ce bun chinul?" a șoptit Metaksia, spălând tălpile lui Razmik cu prosopul. A scos din hambar căruța, a așternut pe ea o pătură moale, l-a așezat acolo și a ieșit din curte. Casele vecine au petrecut-o cu o tăcere asurzitoare. Metaksia nu s-a întors nici măcar o dată să le învrednicească cu o privire de rămas-bun. Rămas-bun îți iei de la cei cărora ai ce să le spui. Lor nu avea să le spună nimic.

O rafală de vânt a adus cu ea mirosul pătrunzător al pinilor și glasul îndepărtat al râului trezit de un torent. Soarele, abia ițindu-se pe după Stânca Fecioarei, a început să aurească cerul – din creștet până-n tălpi. Metaksia s-a ridicat cu un oftat, a închis ușița lumânărarului și a pus la loc candela în nișa ei. A lăsat la căpătâiul mormântului un codru de pâine de casă – pentru îngerii crugului ceresc. Luându-și rămas-bun, l-a rugat să nu-și facă griji și să nu-i fie urât – Razmik-*djan*, peste o săptămână vin iar. A plecat, închizând cu grijă poarta gărdulețului în urma ei.

Berdul se trezea în râset de copii, tușit de bărbați, șoapte de femei. Metaksia cobora panta, trăgând puternic în piept aerul dimineții. Trebuia să se grăbească – în scurt timp o să înceapă slujba de pomenire. Morților, firește, nu le folosește. Mai tare le folosește celor vii.

Ciorapii

În februarie, Mainanț Țatur a împlinit atâți ani câți avea tatăl lui când a plecat pe front. Țatur încă ținea minte cum maică-sa, agățată de gâtul lui taică-su, clătina din cap și-l implora cu glas uscat de plâns: Nu pleca, nu te las. Picioarele ei goale fluturau în aer – era mică de statură, abia dacă-i ajungea lui bărbatu-său până la umăr: slăbuță, aproape transparentă, ușoară ca o pană. Vecinii îi spuneau păpușa Arusiak, fiindcă era frumoasă și fragilă. Toți se minunau de unde atâta grație la o femeie simplă de la țară, că doar muncește și la câmp, spală și rufele la râu, și arată ca un bibelou de porțelan: gingașă, subțirică, din altă lume. La vremea aceea Țatur avea paisprezece ani, stătea în picioare îmbrățișându-și surorile mai mici, care plângeau, și se străduia din toate puterile să nu izbucnească și el în plâns. Taică-su i-a prins privirea și l-a rugat mișcând mut din buze: Ia-o. Țatur a luat-o cu grijă pe maică-sa de subsuori și a tras-o spre el. A crezut că o să se împotrivească, dar ea și-a desprins mâinile și s-a lăsat moale la pieptul lui.

— Să ai grijă de fete, i-a aruncat scurt taică-su și a ieșit, fără să mai aștepte răspuns.

Așa și-l și amintea Țatur – în prag, ușor aplecat – cu toate că știa că nu atinge cu creștetul tocul ușii, întotdeauna se apleca atunci când trecea prin ea. Parcă se micșora ieșind din casă.

În fotografii nu-și recunoștea tatăl: un bărbat solid, gârbovit, încărunțit înainte de vreme – când râde, ochii i se transformă în niște fante înguste. Încărunțirea timpurie s-a dovedit a fi ereditară – Țatur a început să încărunțească încă din școală, iar pe la treizeci de ani pe capul lui nu mai rămăsese nici un fir de păr negru. Mama îl încredința că seamănă foarte mult cu taică-su; el nu remarca această asemănare, dar îi dădea dreptate plin de zel. Asta n-o alina, dar măcar o ajuta puțin să se împace cu pierderea.

La sfârșitul lui februarie, Țatur a împlinit treizeci și trei de ani. Au venit surorile lui, cu bărbații și copiii lor. Au stat până târziu, amintindu-și de copilărie. Despre tata n-au vorbit: fiecare prefera să se gândească la el când rămânea singur. S-au despărțit aproape de miezul nopții. Copiii moțăiau lângă soba caldă – bine hrăniți, moleșiți, sătui de-atâta joacă. În timp ce surorile îi adunau la ieșire, Agnessa, soția lui Țatur, le dădea mici cadouri: fetelor, mărgele făcute de ea, băieților, *gulpa*[1] împletite. Copiii îi sărutau mâna, doar cea mai mică dintre fetițe s-a agățat de ea, ca s-o facă să se aplece, dar fratele ei a oprit-o la timp – ce, ai uitat că-i e greu? Țatur a luat-o pe fetiță și a ridicat-o spre nevastă-sa. Ea a râs și a sărutat-o pe năsuc. Copiii lor stăteau liniștiți alături, unul mai mititel decât altul: unul avea cinci ani, altul patru, iar fetița doi și jumătate. Agnessa își dorise foarte mult o fiică și în sfârșit o avea.

S-au liniștit după miezul nopții – mai întâi i-au culcat pe copii, apoi ea a spălat vasele și el a curățat podelele – ea nu putea, îi era greu să se aplece și era și foarte obosită – își petrecuse toată ziua în picioare. „În picioare“, a râs amar Țatur.

---

1. Șosete din fir aspru. (N. a.)

Agnessa, ghicindu-i starea de spirit, l-a întrebat fără să se întoarcă:

— La ce te gândeai?

— La cât de greu o să-ți fie. Înainte a fost mama, dar acum...

S-a întrerupt, a tăcut. Ea a ridicat din umeri – ce, asta-i greu? El a dat aprobator din cap. Parcă asta-i greu!

Erau șaptesprezece ani de când Țatur îi îngropa pe cei din Berd – din ziua în care se întorseseră rămășițele tatălui său. Atunci s-a dus la cimitir și l-a rugat pe groparul Megrab să-i explice cum se sapă corect o groapă. Megrab i-a povestit pe îndelete despre adâncimea și lățimea unui mormânt, despre proprietățile solului și apele subterane. I-a explicat unde trebuia să fie căpătâiul, desenând pe pământ un unghi drept cu lama cazmalei. Cu restul, Țatur s-a descurcat singur. Cât l-au bocit maică-sa și surorile pe taică-su, el i-a săpat groapa. După înmormântare a rămas să lucreze la cimitir – mai întâi ca ajutor al lui Megrab, apoi, când n-a mai fost acesta, ca gropar. Și a trăit așa, ca un luntraș între lumi – aceasta și cealaltă. Nu s-a gândit la el, și-a crescut surorile – a trebuit s-o școlească și s-o mărite mai întâi pe una, apoi pe cealaltă. Maică-sa se tot amăra că nu se însoară, dar el dădea din mână – mai târziu, mai târziu, cui îi arde de însurătoare când în jur e atâta suferință?

La un moment dat, a trebuit să sape două morminte de copil. La înmormântare doar un sicriu era deschis, al doilea nu. S-a gândit că al doilea copil fusese mutilat zdravăn de explozie, dar i s-a explicat că în celălalt coșciug se aflau picioarele unei femei. Familia se adăpostise de bombardament în subsol, unde era foarte frig, și nu apucaseră să se îmbrace cum trebuie – fugiseră din casă în cămăși de noapte. Mama își făcea griji că fiica ei o să răcească și se tot văita: măcar niște ciorapi groși, măcar niște ciorapi. A țâșnit din adăpost să aducă haine când lucrurile s-au liniștit un pic, iar fetița a alergat după ea. Pe cea mică explozia a ucis-o, iar maică-sii i-a retezat picioarele. „Trăiește?“ a întrebat Țatur. „Oare asta-i viață?“ a venit răspunsul.

Pe Agnessa a văzut-o după câteva luni. Ședea pe veranda casei părintești și curăța mazăre. Părul îi era tuns scurt și dat după urechi, iar pe obrazul stâng, mai jos de pomete, se zărea o cicatrice mică, rozalie. Se spunea că cicatricea era opera fostului soț, care n-o iertase pentru moartea copilului. Pe Țatur l-a uimit atunci paloarea cadaverică a degetelor ei și felul în care continua să le mişte şi după ce îşi terminase treaba, ca şi cum ar fi curăţat acum doar aerul. A urmărit-o un timp în tăcere, apoi n-a mai răbdat şi a întrebat-o: De ce daţi aşa din degete? Mă ajută să-mi alung gândurile, i-a răspuns ea simplu.

Mama ei a adus pe verandă un ibric cu cafea aburindă; ea n-a băut, dar i-a propus fetei să-i ghicească în zaţ. Desenele de pe pereţii ceştii nu prevesteau de bine: dezamăgiri, bârfe, griji.

— E şi lesne de-nţeles ce fel de griji, s-a văitat mama, lăsând ceaşca deoparte, nu pot nicicum să fac rost de-o proteză, de trei ori m-am dus în oraş, şi tot degeaba. Şi ea trebuie să înveţe să meargă din nou! A oftat, adăugând cu amărăciune: Fetiţa mea nefericită...

Agnessa s-a aplecat cu afecţiune spre ea, i-a mângâiat obrajii, dar n-a sărutat-o, a stat aşa, cu buzele lipite de faţa maică-sii, şi era atâta tandreţe şi simplitate în gestul ăsta, că lui Ţatur i s-a topit inima.

— Mâine mă duc în oraş, daţi-mi adresa clinicii, a zis el tuşind uşor. Şi a adăugat repede, ca să risipească orice îndoială: Mă duc cu treabă, am de cumpărat nişte unelte.

Şi mamei lui i-a explicat plecarea pe neaşteptate tot prin necesitatea cumpărării unor unelte. Arusiak nu i-a pus întrebări, doar a oftat.

Pe timp de război protezele erau la mare căutare, așa că termenele de livrare ale tuturor comenzilor se prelungeau. Dar Țatur a reușit să obțină unele făcând mare scandal la clinică. La întoarcere a luat două bilete de autobuz – protezele s-au dovedit a fi atât de grele și de incomode, încât nu puteau fi ținute în mână, iar să le pună la bagaje s-a temut, căci s-ar fi putut strica. Așa că a mers ținându-le bine să nu alunece, pe scaunul alăturat.

Împreună au învățat totul din nou: să meargă, să zâmbească, să respire. Cum a venit primăvara, Țatur a cerut-o de nevastă. Ea i-a cerut timp să se gândească, iar după o lungă șovăială, a acceptat. Nuntă n-au făcut – cui îi ardea de veselie când în jur era atâta suferință? Agnessa visa la o fetiță, dar i se nășteau băieți – mai întâi unul, apoi al doilea. Medicii, dând din cap îngrijorați de sănătatea ei precară, i-au sfătuit să mai aștepte cu al treilea copil, dar ea nu i-a ascultat și a născut totuși o fată. I-a dat numele fiicei pe care o pierduse, deoarece credea cu tărie că dacă trăiește numele înseamnă că trăiește și omul. Țatur n-a încercat s-o facă să se răzgândească, deși n-a fost prea încântat că fiică-sa a primit numele unui copil mort. De fapt, nici n-a deschis vreodată discuția despre asta – ce rost avea, de vreme ce nu se mai putea schimba nimic? Agnessa își iubea copiii ca pe ochii din cap, nu le refuza nimic. Tremura pentru ei ca frunza de plop. Îi era groază că ar putea răci, așa că, fără să precupețească nici un ban, le cumpăra vrafuri întregi de haine călduroase pentru acum și pentru când aveau să mai crească: pulovere, jachete, cizmulițe călduroase, fulare și mănuși. Singurul lucru pe care nu-l cumpăra niciodată erau ciorapii. Copiii ieșeau pe ger legănându-se ca niște boboci de gâscă stângaci, îmbrăcați cu câte două perechi de pantaloni de lână. Și cu căciulile caraghioase cu pompon croșetate de Ghinamanț Metaksia.

Bocceaua

Dumnezeu i-a dat lui Pogosanț Vasak două fete liniștite: pe Arusiak și pe Anicika. Spre deosebire de casele gălăgioase din vecini, căminul lor părea singuratic și nelocuit: nimeni nu se cățăra pe gard, nimeni nu făcea întrecere cu bicicletele, nimeni nu se arunca de pe acoperiș în căpița de fân țipând ca scos din minți, nimeni nu strecura mormoloci prin buzunare. Vasak era trist, dar nu se plângea. Așa a vrut soarta, ca el și Vera să fie părinți de fete. Dar câteodată, când îi vedea pe băieții altora trecând prin sat, nu-și putea reține un oftat:

— Omul trebuie să aibă un urmaș, pe cineva care să-i continue neamul!

Vecinul lui a încercat odată să-l aline: Nu-ți face sânge rău, i-a spus, o să ai gineri în loc de fii.

— Ce gineri? s-a mirat sincer Vasak.

— Păi n-o să-ți măriți fetele? Sau vrei să le ții toată viața sub aripa ta? a râs vecinul.

Vasak s-a fâstâcit. Ca să-și ascundă stânjeneala, a făcut o glumă proastă, zicând că sigur că le dă, că doar n-o să le marineze. Vecinul uitase de mult de discuția asta, dar Vasak, ori de câte ori își amintea gluma lui grosolană, își spunea că-i un idiot. Cum să scoți pe gură așa ceva despre propriii copii – că doar n-o să le marinez! Într-un cuvânt, idiot!

Pe fete le pierdea din ochi de dragi. Cea mare, Arusiak, semăna cu maică-sa – zveltă, grațioasă, cu oase subțiri. Ca o zână din povești. Cea mică, Anicika, era leită taică-su – înaltă și zdravănă, cu o constituție generoasă, țărănească: umeri lați, brațe pline, ținută mândră. Ambele fete, în ciuda faptului că nu semănau deloc la înfățișare, erau aidoma la fire și obiceiuri. Le plăcea până și să se îmbrace la fel, ceea ce pe mama lor o ducea la disperare – vezi de găsește în Murutul[1] de peste deal două paltoane la fel, de mărimi diferite! Sau

1. Murut este un oraș armenesc din Azerbaidjanul sovietic. (N. a.)

pantofi! Vera știa să coasă și să croșeteze, așa că problema rochiilor și a jachetelor nu se punea. Necazul era doar cu îmbrăcămintea de deasupra și cu încălțările. Cum fetele refuzau cu încăpățânare să se îmbrace diferit, trebuia să meargă după cumpărături la oraș. În timp ce fiicele ei, după ce sorbeau câte un milkshake, se plimbau prin sălile largi ale zgomotosului magazin universal, mama și tata stăteau timp îndelungat la cozile mari. După ce își făceau rost cu mare trudă de ce aveau nevoie, se întorceau în satul natal, făgăduindu-și apăsat să nu mai cedeze niciodată la capriciile fetelor. Dar după exact un an, se sfătuiau un pic și o porneau iar după cumpărături. Fetele erau singurul sens al existenței lor, și ei nu se dădeau în lături de la nimic ca să le facă pe plac.

În ciuda indulgenței părinților, Arusiak și Anicika au devenit niște domnișoare modeste și harnice. S-au măritat practic în același an: în ianuarie Arusiak a plecat în îndepărtatul Berd, iar în decembrie s-a logodit Anicika. Spre deosebire de soră-sa, ea și-a găsit pețitor în Murut, ceea ce i-a bucurat peste măsură pe părinți – măcar una din fiice rămânea aproape de ei.

Vasak a avut o discuție scurtă, dar percutantă cu ginerii săi. Prinzând un moment, i-a luat deoparte și le-a povestit cu amănunte care le-a înghețat sângele în vine *ce* anume o să le facă dacă-i supără fetele. Natura nu-i privase pe gineri de simțul umorului, așa că aceștia nu s-au supărat, ci, râzând, au făgăduit să ia aminte la spusele socrului. S-au dovedit a fi bărbați buni și, cu timpul, după cum prezisese vecinul, au ajuns să-i fie lui Vasak ca niște fii.

Vera se plângea de mult de picioare – mai întâi de dureri și furnicături, apoi că nu și le mai simte. Nu o dată i-a propus Vasak s-o ducă la doctor, dar femeia tot dădea neglijent din mână: o să treacă de la sine! A căzut la pat imediat după nunta Anicikăi. Vizitele pe la policlinici și spitale nu i-au ușurat starea, și la șaizeci de ani a rămas complet fără picioare. Cu toate acestea, nu s-a lăsat: a învățat să meargă în scaunul cu rotile și după scurt timp se descurca singură cu spălatul și gătitul. Anicika trecea zilnic pe la părinți, ajuta la curățenie și prin grădină, mulgea vaca. Arusiak îi vizita o dată pe lună și rămânea câte trei-patru zile. Poate că viața nu era foarte simplă, dar curgea în ritmul ei, întorcând treptat lunile și anii, și îi bucura pe Vera și Vasak cu monotonia ei. „Mulțumesc pentru că pot să fiu și să mă bucur“, repeta ea adesea. „Mulțumesc“, îi ținea el isonul.

Îmbătrâneau încetișor, înconjurați de dragostea fiicelor și a ginerilor, apoi și a nepoților, care în sfârșit au transformat casa lor liniștită într-un adevărat cămin gălăgios: se cățărau neobosiți pe garduri, săreau țipând ca din gură de șarpe de pe acoperișul cerdacului în căpița de fân, își umpleau buzunarele de mormoloci, făceau întrecere cu bicicletele. Anicika avea trei băieți, Arusiak – un băiat și două fete. Vasak își adora toți nepoții, dar lui Țatur, fiul lui Arusiak, îi arăta o afecțiune deosebită. „Tu pentru noi ești conștiința lumii“, repeta el deseori, mângâindu-și nepotul pe creștetul plin de bucle.Țatur zâmbea descumpănit, dar nu voia să-și supere bunicul.

Ani mai târziu, când durerea nu că se liniștise, dar măcar îi îngăduia să respire, Arusiak se întreba adesea ce-ar fi făcut dacă ar fi știut totul dinainte. N-ar fi plecat din Murut, ca să împărtășească inevitabilul cu ai ei, sau i-ar fi implorat pe ei să se mute la Berd? Dar n-ar fi izbutit să-și convingă tatăl să se mute, el mereu spunea: Locul meu e acolo unde-mi sunt îngropați strămoșii. „Mai bine-aș fi rămas eu“, plângea Arusiak. „Locul omului e acolo unde-i sunt rădăcinile.“

Războiul s-a pornit pe neașteptate – ieri încă mai puteai suna la Murut, astăzi legătura era ruptă și n-a mai putut nicicum să primească vești de la ai ei. Arusiak nu-și găsea locul, plângea zi și noapte, refuza să se mai ridice din pat. De gospodărie se ocupau copiii, cum puteau. Soțul ei mergea în fiecare zi la graniță să întâmpine refugiații. Oamenii veneau într-un șuvoi lung – istoviți, pierduți. Unii, neizbutind să se împace cu cele ce se petreceau, înnebuneau pe drum, alții, când ajungeau în siguranță. Soțul lui Arusiak căuta printre ei femei care le erau rude, fiindcă știa că, în afară de Berd, nu aveau unde se duce.

Odată, i-a atras atenția o băbuță. Trecând granița, ea nu a mers după toți ceilalți, ci s-a dus la o piatră de la marginea drumului. După ce s-a așezat pe ea cum a putut mai bine, și-a scos pantofii, a tras de poalele fustei ca să-și ascundă tălpile umflate și sângerânde și și-a pus pe jos bocceaua murdară. Lui i s-a tăiat respirația – a recunoscut basmaua pe care Arusiak i-o dăruise surorii ei – niște maci roșii pe fond albastru pe care-i brodase cu mâna ei, tivind marginea frunzelor cu fir argintiu. S-a apropiat de băbuță ca s-o întrebe de unde are basmaua. Aceasta și-a ridicat privirea, și el numai că nu s-a sufocat de groază: era Anicika, n-o recunoscuse.

Ea i-a povestit pe un ton egal că era la părinții săi când lovise nenorocirea. Mama stătea pe verandă, tata tăia lemne, ea făcea curat în pod. Mai întâi au ajuns la ea niște țipete, apoi a văzut pe fereastra podului cum tatăl ei e doborât cu un topor și cum mama ei oloagă se ridică din cărucior și, strigându-și soțul, se împleticește în jos pe trepte, cum ei o prind, o lovesc cu partea plată a toporului în cap și o agață de păr în gard. Ţii minte ce cosițe avea mama, nici la bătrânețe nu-și pierduseră frumusețea, au atârnat-o de cosițele astea cărunte frumoase, iar pe pământ a rămas o urmă umedă și întunecată, și nu se mai usca.

Anicika a zâmbit vinovat, adăugând: Iar mai departe nu-mi mai amintesc nimic, absolut nimic. A tăcut. A încercat să-și pună pantofii, dar nu-i mai intrau în picioarele umflate. I-a lăsat jos, a strâns bocceaua la piept și s-a ridicat cu greutate.

— Ia-mă de-aici. Te rog.

El i-a luat bocceaua, a dezlegat-o și s-a uitat înăuntru. S-a schimbat la față.

— Nu te las, nu pleca! l-a implorat Arusiak a doua zi dimineața.

Fiul lor stătea într-un colț, îmbrățișându-și surorile mai mici, care plângeau, și se străduia din toate puterile să nu izbucnească și el în plâns. Taică-su i-a prins privirea și l-a rugat mișcând mut din buze: Ia-o. Țatur a luat-o cu grijă pe maică-sa de subsuori și a tras-o spre el. A crezut că o să se împotrivească, dar ea și-a desprins mâinile și s-a lăsat moale la pieptul lui.

— Să ai grijă de fete, i-a aruncat scurt taică-su și a ieșit, fără să mai aștepte răspuns.

Așa și-l și amintea Țatur – în prag, ușor aplecat – cu toate că știa că nu atinge cu creștetul tocul ușii, întotdeauna se apleca atunci când trecea prin ea. Parcă se micșora ieșind din casă.

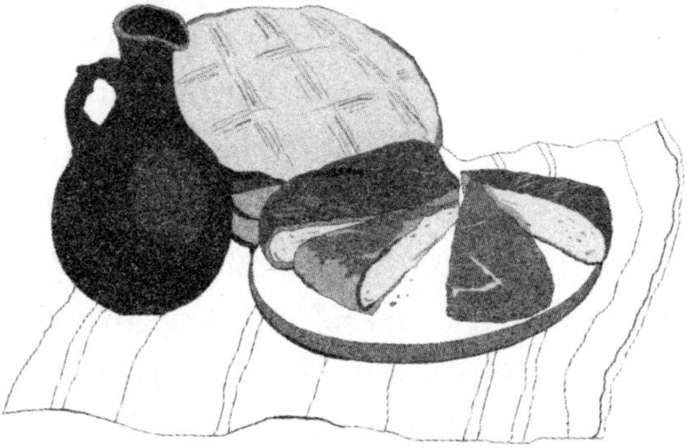

Bagardj

Zaghinanț Atanes se trezește dis-de-dimineață. Mai întâi, se apleacă stângaci peste marginea patului și oprește ceasul deșteptător, ca să nu-i trezească fiul cu soneria lui obraznică și agasantă. Apoi deschide larg fereastra, se bagă la loc sub plapumă și stă cu ochii închiși, ascultând glasul Berdului care se trezește: șopotul îndepărtat, abia distingându-se al râului, ciripitul păsărilor, cloncănitul indignat al veșnic nemulțumiților curcani, gâgâitul gâștelor ciorovăitoare. Șuierându-și motorul vechi, trece mașina de gunoi. Atanes e sigur că e la fel de bătrână ca lumea. Se schimbă anotimpuri, generații, veacuri, și singurul lucru care rămâne nezdruncinat e rabla asta veche, fumegând deznădăjduit și înecându-se cu propriu-i fum, care duce cu o tenacitate de furnică gunoiul nesfârșit și fără rost dincolo de hotarele Berdului.

Pe gard își cântă cucurigul cocoșul din vecini. Atanes își amintește cu un zâmbet cum, zgrepțănând din ghearele lungi pe podeaua din scânduri, acesta se plimba pe verandă, trăgând cu ochiu-i galben la tăvile pline cu grâu prăjit fierbinte. De ciugulit nu ciugulea – nu era prost să se frigă, dar făcea o mutră destul de nemulțumită, ba chiar amenințătoare. Văzându-l, Levon a chicotit, zguduit de un râs tăcut: Tata, taaata, uite, Peto!

Pentru el, toți cocoșii erau Peto.

Toți câinii erau Sevo.

Toți caii, Cealo.

Toți oamenii – Oameni. Așa zicea: A venit Om, a plecat Om. Și despre o singură femeie spune a venit Om Blând. Și apoi adaugă: Frumos.

Fiecare are imaginea lui despre frumusețe, ba se mai și schimbă de-a lungul vieții. A lui Levon însă e neschimbată și incontestabilă – frumos e cel care vine cu o tratație dulce. De aceea Pogosanț Anicika e Om Frumos. Că ea îi aduce des *bagardj*[1],

1. Pâine dulce. (N. a.)

în al cărui aluat, în ciuda rețetei tradiționale, amestecă smântână groasă și pe deasupra presară migdale prăjite și pisate.

— Tata, taaaata, uite, vine Om Blând. Frumos! se bucură Levon când o vede pe Anicika deschizând poarta.

— Levon-*djan*? E deja amiază și tu încă nu te-ai sculat? se preface Anicika a bombăni, urcând treptele verandei.

O face cu trudă, oftând și sprijinindu-se cu palma ba de un genunchi, ba de celălalt. Înainte Atanes încerca s-o ajute, dar apoi a încetat – ea dădea supărată din mână, afirmând că, atâta vreme cât picioarele îi merg, o să se descurce singură.

Levon stă în capul oaselor pe pat, cu jumătatea de jos a corpului înfășurată strâns în scutece; libere îi sunt doar mâinile subțirele și lungi, pe care le întinde spre Anicika. A venit Om Blând. Frumos.

Anicika se așază lângă el; mai întâi își desface bocceaua, dezvăluind lumii amuțite bucățelele aurii de *bagardj* dulce. Și abia apoi își trage răsuflarea.

În timp ce Levon mănâncă, ea și Atanes stau de vorbă în tihnă. Despre faptul că acoperișul s-a slăbit. Că gardul stă într-o rână. Că zilele se fac tot mai scurte, iar nopțile mai lungi, și nu pentru că se apropie iarna, ci din cauza vârstei. Că e timpul să treacă pe la cimitir, că doar curând o să fie Rusaliile, iar apoi, ziua părinților. Iar pentru ziua părinților trebuie să te pregătești din timp, că doar nu se face să te închini la un mormânt neîngrijit.

Apoi Atanes încălzește apă, și el cu Anicika îl spală pe Levon. Sătul și mulțumit, acesta stropește în toate părțile și se bucură: E bine, nu-i așa, tata?

— Da, Levon-*djan*, e bine.

Escarele de pe ceafă, omoplați și spate sunt date cu o unsoare specială, pe care Anicika o face chiar ea – fierbe ulei, adaugă ceară de albine, amestecă binișor, apoi o lasă la răcit.

După ce Levon adoarme, ei mai stau o vreme pe verandă. Cât face Atanes ceaiul, Anicika cârpește lenjeria rărită. Beau fiecare în felul său: ea sorbind din farfurioară, el din ceașcă, cu o linguriță de dulceață.

— Ar fi trebuit să te măriți cu mine când te-am cerut, rupe tăcerea Atanes. Împreună ne-ar fi fost mai ușor.

Anicika ridică ochii spre el.

— Chiar crezi?

Atanes nu răspunde.

— Nu crezi, doar zici așa, conchide Anicika.

Pleacă spre seară, când cerul palpită de lumina temătoare a primelor stele.

Atanes stă apoi îndelung întins în pat, privind în ochii fără de răspuns ai nopții. Alături, cu palma așezată copilărește sub obraz, doarme Levon. Războiul i-a luat lui Atanes pe toți ai lui, i-ar fi luat și fiul, dar n-a putut – a fost aruncat din autobuzul bombardat cu o secundă înainte ca acesta să cadă în prăpastie. Era un flăcău zdravăn și sănătos, iar acum e schilod și a dat în mintea copiilor. Dacă-l întrebi câți ani are, nu răspunde. Dar iarna trecută a împlinit treizeci și cinci de ani!

Pentru Anicika a fost și mai cumplit, deși cine poate ști care e unitatea de măsură pentru suferință? Familia ei a pierit în pogrom, tot ce-a reușit să mai găsească au fost rămășițele carbonizate ale fiului mai mic. Le-a adunat într-o boccea, le-a trecut peste graniță și le-a înmormântat. Când a aflat despre Levon, a copt un *bagardj* – delicatesa preferată a copiilor ei – și a venit să-l vadă. Așa au trecut mulți ani. Atanes la început a refuzat-o – nu voia să depindă de nimeni, dar apoi s-a obișnuit și chiar a îndrăgit-o. Odată, luându-și inima-n dinți, i-a propus să se căsătorească. Ea i-a răspuns că la un loc o să adune atâta durere, că n-o să meargă. Așa, fiecare de unul singur, o să supraviețuiască cumva.

Atanes cade într-un somn scurt mult după miezul nopții și se trezește dis-de-dimineață. Mai întâi, se apleacă stângaci peste marginea patului și închide ceasul deșteptător, ca să nu-i trezească fiul cu soneria lui obraznică și agasantă. Apoi deschide larg fereastra, se bagă la loc sub plapumă și stă cu ochii închiși, ascultând glasul Berdului care se trezește. Dimineața trece cu treburi obișnuite pe lângă casă: curățenie, plivirea și udarea grădinii de zarzavat, spălat, gătit. După prânz îl scoate pe Levon pe verandă, îl instalează pe laviță și se așază alături. Și se pun pe așteptat să vină Anicika și să aducă bucățelele aurii de *bagardj* binecuvântat. De fiecare dată, Levon mănâncă de parcă ar gusta din soare.

Singurătate

Muradanț Andro știe despre Berdul matinal ceva ce nu știu nici păsările care vestesc cu trilul lor bogat sosirea unei zile noi. În timp ce ciripitul lor lipsit de griji, pornit dintr-un capăt al văii, se învârtejește spre cer, pentru ca apoi, adunându-și forțele, să se avânte în înălțimi, spre vârful dealului care atinge cu fruntea soarele ce răsare, camionul lui Andro, ruginit, gata să se desfacă în bucăți, de-o vârstă cu lumea, scoțând fum greu de motorină și ulei de motor, fornăind și aplecându-se când pe o roată, când pe cealaltă, pe drumul spălat de veșnice ploi și uscat de soarele pârjolitor, trece de la o curte la alta, adunând, ca pe niște foi de ceapă foșnitoare, gunoiul pieritor al oamenilor.

— Măcar de-ai repara amortizorul de zgomot! Că altfel ne trezește cu huruitul lui mai devreme ca deșteptătoarele! se supără berdenii.

Fără să oprească motorul, Andro trage frâna cu un scârțâit, se dă jos din cabină trântind zdravăn portiera și golește unul câte unul cazanele în spatele camionului, fără a uita să bată cu pumnul pe fund, ca să se desprindă de pereții umezi și cocoloașele de hârtie, cojile de cartofi și cojile de ouă, apoi așază cu grijă pubelele în șir ordonat pe marginea drumului.

— Rabla asta a fost inventată înaintea amortizorului, cum să nu huruie? catadicsește el în sfârșit să răspundă. Și, încetinind ușor, adaugă binevoitor: Și ce tot bombăniți, uite, e dimineață, e timpul să vă treziți!

— Cum să ne trezim, mai e o oră până sună ceasul!

— Cine se trezește de dimineață departe ajunge!

Între timp, când zarva miilor de glasuri păsărești, împletindu-se într-un puternic imn de slavă, ajunge pe Dealul de Răsărit, trezindu-l din somnul lui bătrânesc, Muradanț Andro, terminând cu strânsul de fiecare dimineață al gunoiului, cotește spre lacul de acumulare, dincolo de care, dacă mai mergi vreo jumătate de oră, se află groapa de gunoi. Știe drumul ăsta pe dinafară, dacă e nevoie îl face și cu ochii închiși. În dreapta, sprijinind cerul cu coroanele lui ascuțite, se întinde un crâng de chiparoși. Mai jos, scânteindu-și solzii argintii în soare printre pâlcuri de trestie, șerpuiește un râu. Broaștele tac – până seara și-au umplut gurile cu apă și acum păstrează liniștea pe sub pietre; în schimb, cântă un grangur – așa cum numai el știe, tulburător de duios, ostoitor. Pe celălalt mal se întind verzi câmpuri de tutun – Andro se încruntă, amintindu-și mirosul înțepător al sucului acid impregnat pe vecie în mâinile mamei și mătușilor sale. În timp ce el și verii lui, luându-și în spinare arcurile și săgețile făcute de mână, zburdau în jur jucându-se de-a indienii („Aaandro, hei, Andro, joacă-te unde vrei, numai să te văd și eu!" se auzea vocea mamei îngrijorate care-l pierduse din ochi), femeile, după ce se așezau pe lavițe de scânduri și își legau basmalele astfel încât numai ochii să le rămână descoperiți, prindeau frunzele de tutun pe sfori, mânuind niște ace lungi de oțel. Dacă nu iei în seamă zgomotele din jur, poți auzi și acum mișcarea infinit monotonă a degetelor lor înnegrite de sucul tutunului: înțeapă codița la bază cu acul, grijulii, ca să nu se rupă frunza, o trag pe sfoară, urmărind cu precizie grosimea mănunchiului – frunzele mici pot fi mai dese, cele mari mai rare; altfel, dacă nu reușesc să se usuce, vor putrezi. Agață frânghiile sub copertine astfel încât să nu atârne prea mult, lăsând soarele și vântul să pătrundă liber printre frunze și să le usuce temeinic, protejându-le. Munca era grea și chinuitoare, și spre seară pe mama o dureau mâinile atât de tare, încât nu putea să-și mai rețină suspinele. Când se ducea la culcare, și le dădea cu oțet de mere și untură de rață, dar fără cine știe ce rezultat.

— Ah, cum poate să mă arză, parcă le-am trecut prin foc! se plângea ea.

— Să ardă! o corecta Andro, dându-și ochii peste cap.

— Să ardă, se învoia cu râvnă mama, dar a doua zi făcea aceeași greșeală.

În sicriu părea mică de tot, nici nu ajungea cu picioarele la margine. Nu părea moartă, ci ațipită – o șoaptă dacă-ți scapă, și se trezește. Andro nu putea să n-o admire: avea acea frumusețe severă, primară prin care se disting muntencele – înaltă, uscățivă, cu trăsături neregulate care-ți sar în ochi. Mâinile bătătorite de munca grea, care nu cunoscuseră liniștea toată viața, îi zăceau acum nemişcate, încrucişate pe piept. Înfăşurate în ţesătura subţire de lână, păreau două pietre care o trăgeau întruna spre pământ. El le ocolea insistent cu privirea, ca să nu izbucnească în plâns. „Aaandro, hei, Andro, joacă-te unde vrei, numai să te văd şi eu!“ striga ea, ducându-şi mâna pavăză la ochii mijiţi şi căutându-şi fiul în liota de copii. „Mamă, dar de ce ţipi aşa?“ se supăra el de fiecare dată. „Mă tem că nu mă auzi“, zâmbea ea vinovat.

Andro nu avea nici o îndoială: ea îl strigase. Apăsată de grinzile grele, coapte de fum, de ţigla veche, roasă, de coşul crăpat al sobei, de legăturile de mere şi prune uscate, de ştiuleţii de porumb, ramele de miere – fagurii se crăpaseră, şi mierea de munte dulce-acrişoară, auriu-chihlimbarie, lipicioasă îi curgea pe pletele cărunte, pe spinare şi pe picioare –, de toate fleacurile inutile pe care le păstra şi de care nu se îndura nicicum să se descotorosească, fiindcă fiecare lucru era o amintire, păstra până şi roata veche de căruţă, mâncată de rugină – un gunoi evident, ai fi zis, bun doar să-l arunci şi să-l uiţi –, aşa cum păstra şi cufărul de lemn mâncat de cari, întărit la colţuri cu plăcuţe de alamă – le bătuse bunicul-fierar cu mâna lui, gravând cu o vergea de oţel şi un ciocănel subţire un model neînţeles, dar vizibil –, şi oalele de lut roșu crăpate într-o parte, salutări de la celălalt bunic, olar, și bucățile de covoare roase și pline de găuri, și coșurile de răchită din care ieșeau în toate părțile nuiele rupte și care de mult nu mai puteau fi folosite – fuseseră atinse de degetele bunicii; toate aceste resturi fără sens și fără rost, dar importante pentru mama lui se prăbușiseră într-o clipă, trăgând după ele tot ce nu fusese spulberat de explozie și îndesându-i trupul într-un sarcofag greu și sufocant. Apucase să se facă ghem, și nici un ciob n-o rănise, nici măcar n-o atinsese, se adunase ca un făt în pântec, cu genunchii strânși la burtă și mâinile la piept, neajutorată și nemișcată – și își strigase fiul. Și el n-o auzise.

Era o casă veche de piatră, cu șindrilă uzată și obloane într-o rână, cu scânduri crăpate și scârțâitoare și pereți gârboviți; străbunicului, la vremea lui, îi fusese alocat acest lot de pământ izolat, dura o oră și jumătate să ajungi cu căruța până aici, el dăduse din mână a lehamite, dar pământul se dovedise atât de roditor, că după ce chibzuise îndelung hotărâse să construiască totuși acolo o casă mică, dar zdravănă. Mama mergea la casa asta în zilele libere pe orice vreme, iar spre sfârșitul lui octombrie, când deja tutunul era cules și prelucrat, mai rămânea pentru o săptămână-două să pregătească stupii pentru iarnă, să strângă ultima zmeură, deja înghețată, să facă o dulceață acrișoară din porumbele palid-prăfuite, să sape grădina de legume. Andro venea s-o ia în ziua stabilită și duceau acasă proviziile pregătite. Uneori el îi propunea să rămână cu ea, dar îl refuza – era important pentru ea să fie singură și liniștită, oamenii o oboseau.

Ultimul ei octombrie s-a nimerit în ajunul unui nou val de război, și toată săptămâna, în timp ce Berdul era bombardat fără cruțare, Andro s-a bucurat că o dusese la timp pe mama lui în casa de la țară. Nu-și făcea griji pentru ea – nimeni n-ar fi irosit muniție pe o așezare izolată, că doar întotdeauna se bombardează acolo unde se poate strânge o recoltă mare de victime.

Când a găsit în locul casei un crater adânc căscat, plin cu o grămadă de resturi, mai întâi nu și-a putut crede ochilor și chiar s-a uitat în jur de câteva ori, gândindu-se că greșise drumul și nu ajunsese unde trebuie, dar apoi, dezmeticindu-se, s-a apucat să înlăture ruinele cu mâinile goale. A ajuns la mama lui spre răsărit, a plâns, eliberând-o de sub pietrele sfărâmate, mănunchiurile de mentă uscată, bucățile de ziare vechi, miere și țiglă spartă – o elibera cu atâta grijă, de-ai fi zis că scoate o perlă din scoică. Tot drumul, ducând-o acasă, i-a vorbit încontinuu. A întrebat-o cum avea să trăiască el acum cu povara atât de copleșitoare a stării de orfan. Cum s-o plângă, astfel ca străinii să nu-i vadă lacrimile. Cum să se ierte că nu fusese lângă ea. Mama zăcea pe bancheta din spate a mașinii, făcută ghem, încercase să-i îndrepte măcar mâinile, dar trupul rigid nu îngăduia asta, ea se odihnea cu picioarele strânse la piept și parcă dormea – frumoasă, tânără, neatinsă de putreziciune.

Andro s-a oprit la lacul de acumulare, a stat în mașină, a plâns și s-a jeluit. S-a dat jos, chinuit de o durere sufletească de neîndurat, lăsând portiera larg deschisă – nu se știe de ce, s-a temut s-o trântească, să n-o deranjeze pe mama lui. S-a apropiat de marginea apei, a stat o vreme, adunând în el necuvântarea cerurilor, a căror tăcere nezdruncinată ucidea orice credință în mântuire. Liniștea era asurzitoare, norii păreau pământ, aerul era mut și dens, ca o pernă îndesată cu puf – nu putea să respire. Andro nu se îndoia că de acum încolo pentru el nu mai este și nu va mai fi nimic mai înfricoșător decât această tăcere împietrită și rece. „Doamne, cum se poate să fii atât de indiferent și surd la suferința oamenilor?" – a strigat deodată, nemaiputând îndura chinul sufletesc.

Strigătul acesta – prelung, dezlănțuit, care-i zgâria gâtul până la sânge – a ieșit din el cu o disperare insuportabilă și a plutit îndelung peste apa neagră, vălurindu-i suprafața. Nu auzea vocea mamei, o simțea. Țâșnind de nicăieri, vocea asta nu răsuna, ci pătrundea – întreagă, fără să lase nimic în urmă, în toate cotloanele inimii lui sfâșiate de durere. „Te aud", a șoptit el și s-a oprit istovit, lăsându-și în inimă sentimentul acela de pierdere irecuperabilă și dor adânc.

Muradanț Andro știe despre Berdul matinal ceva ce nu știu nici păsările care vestesc cu trilul lor bogat sosirea unei zile noi. În timp ce ciripitul lor lipsit de griji, pornit dintr-un capăt al văii, se învârtejește spre culmea bătrânului Deal de Răsărit, trezindu-l din somnu-i de piatră, camionul lui Andro, ruginit, scoțând fum greu de motorină și ulei de motor, fornăind și aplecându-se când pe o roată, când pe cealaltă, pe drumul bătătorit al satului, trece de la o curte la alta, speriind animalele domestice adormite și ridicându-i din pat pe oameni mult mai devreme decât e nevoie. Berdenii se supără, dar îndură. Ei știu că pentru Andro liniștea e un chin. Căci conștiința ne vorbește cu vocile celor plecați. Fă să dispară zgomotele din jur – și o s-o auzi.

Să trăiești

Akudanț Karapet a pierit în pragul casei sale. Când au dat fuga vecinii, el ședea sprijinit cu umărul de tocul ușii și, cu mâinile adunate pe genunchi, privea în colțul curții unde explodase obuzul. Câinele scâncea mut, temându-se să iasă din cușcă. Găinile alergau prin țarc cotcodăcind sălbatic, dar la vederea oamenilor s-au liniștit. Una singură, cucurigând răgușit, și-a continuat fuga bezmetică.

— Prinde-o și rupe-i gâtul[1], i-a poruncit Maro nepotului mai mare.

Acesta s-a supus. A aruncat găina moartă într-o groapă săpată, apoi și-a cufundat mâinile în

1. Se crede că o găină care face „cucurigu“ vestește necaz mare. (N. a.)

butoiul cu apă de ploaie – apa era stătută și mirosea a mușchi jilav și igrasie. Adulmecându-și dezgustat degetele, și le-a șters de pantaloni și s-a grăbit să intre în casă. Între timp, frații lui mai mici și bunica reușiseră să întindă trupul lui Karapet pe divan.

Al doilea obuz a explodat atât de aproape, încât părea că lovise casa. Pereții au scârțâit și au tremurat, în bucătărie un bufet s-a prăbușit cu un zgomot imens, plasticul cu care erau acoperite ferestrele, nerezistând curentului de aer, s-a spart și a zburat în fâșii.

— În pivniță! a țipat Maro și l-a apucat pe răposat de umeri. Băieții au dat-o la o parte – Ne descurcăm singuri. Să-l mute pe Karapet n-a fost prea greu – la bătrânețe se topise de tot, gâtul i se ițea din gulerul cămășii ca o codiță de pară răscoaptă – nepotul cel mare al lui Maro s-a încruntat, amintindu-și nepotrivit cum îi trosnise gâtul găinii între degete. Nu era mult de mers: în jos pe scară și vreo zece pași la dreapta, dar trebuiau să se grăbească, să nu nimerească sub foc. Maro venea șchiopătând în urma nepoților, mormăind blesteme în barbă: „Prefaceți-v-ați în piatră, neam fără conștiință, scula-vi-s-ar morții din morminte, dar numai ca să vă ia pe lumea ailaltă! Unde s-a mai văzut să bombardezi case liniștite?“

Al treilea obuz a explodat exact în secunda în care nepotul mai mare a trântit ușa după câine – acesta a țâșnit în pivniță scâncind jalnic, s-a izbit de pragul înalt, a zburat înainte, a intrat cu capul urecheat în lada cu făină și a schelălăit. Găinile alergau înnebunite prin curte, înecându-se într-un cotcodăcit dogit. Următoarea explozie a fost foarte aproape, parcă la un pas de ei, amuțind într-o clipă țipetele înfiorătoare ale păsărilor. Maro s-a prăbușit cu fața la pământ, nepoții au căzut alături, cel mai mare făcând un salt neînchipuit de lung, apucându-l pe cel mic, acoperindu-l cu trupul lui, dar acesta s-a târât imediat de sub el – Gândește-te la tine! Apoi a dat să se ridice, ca să se uite ce se petrece în curte, dar frații săi nu l-au lăsat – Încotroooo? Mezinul i-a împins cu coatele, dar a primit în schimb o palmă răsunătoare. Maro le-a făcut semn să tacă, arătând spre răposat – Acum v-ați găsit! Rușinându-se brusc, nepoții s-au potolit.

Akunanț Karapet zăcea pe podeaua de pământ, cu mâna dreaptă aruncată într-o parte și cu stânga îndoită incomod sub spate. Maro i-a închis pleoapele, mirându-se de cât de mari îi erau pupilele. I-a pus mâinile pe piept și i-a legat strâns încheieturile cu o batistă – cine știe când avea să poată fi înmormântat, așa că mai bine făceau totul cum trebuie din timp. Se spunea că lui Muradanț Satik, care fusese găsit după o săptămână, trebuiseră să-i taie mâinile înțepenite, altfel nu i se încrucișau pe piept. N-ar fi vrut să se întâmple la fel și cu Karapet. Rana de pe tâmplă era foarte mică, sânge cursese puțin, ca la vreo trei lingurițe de ceai. „Cum să-ți vină-n cap una ca asta, să măsori sângele în lingurițe?" s-a dojenit Maro scoțându-și brâul și legând cu el tălpile mortului. I-a pus o jachetă pe picioare, acoperind pata care i se întindea pe pantaloni – nu trebuia ca nepoții să vadă cum curge urina din el. Împăturindu-și basmaua, i-a legat și fălcile. „Moartea e cumplită nu prin existența ei, ci prin aceea că batjocorește și se bucură să urâțească trupul omului – se poartă ca dușmanul nedemn care, după ce câștigă, pângărește cadavrul învinsului", s-a gândit Maro cu amărăciune.

Câinele scâncea, împungând cu botul în palma nepotului mai mare. Acesta îl mângâia în tăcere pe cap. Când s-a auzit o nouă explozie, l-a cuprins într-o îmbrățișare, strângându-l la piept. Câinele a oftat zgomotos, a scos un geamăt de-a dreptul uman, dar a tăcut imediat. Obuzele bubuiau peste Berd, ici-colo pereții caselor vechi de piatră se cutremurau, zburau ultimele cioburi din ferestre, înnebuneau toate animalele din bătături. Frica oamenilor – grea, copleșitoare – se târa fără suflu prin curți, umplând golurile dintre stivele de lemne, coșurile strâmbe, podurile și pivnițele. Era deznădăjduitor și jalnic – ca și cum dintr-odată tot ce dădea speranță fusese stins.

Maro ședea sprijinită cu spinarea de perete și se uita în colțul pivniței, unde zăcea Karapet. Toată viața se sfădiseră: ba el, reparând gardul, îl scăpa ca din întâmplare peste tufele de coacăz, ba ea „uita" să închidă apa și îi transforma grădina în mlaștină. De câte ori nu fuseseră gata să se ia la bătaie – Karapet era un om aprig, iute la mânie, rău. Când ridica brațul ziceai că acuși-acuși te pălește. Dar în ultima clipă își strângea pumnul și ducea mâna la spate.

— De ce nu dai? îl lua peste picior Maro.

Karapet pleca, lovind-o dureros cu umărul.

Dacă stătea să se gândească acum de unde începuse vrajba, ea nu-și amintea. Cândva trăiau fiecare cu familia lui, păreau fericiți. Ea avea un fiu, avea și el un fiu. Într-o zi s-au trezit singuri – soțul lui Maro a plecat în alt sat, luându-i cu el pe nevasta și copilul lui Karapet. Berdul a bârfit ce-a bârfit și a uitat, dar Maro și Karapet parcă au împietrit. Și-au trăit așa, fiecare cu nefericirea lui. La început mai treceau unul pe la altul să-și ușureze sufletul, apoi au încetat. Maro și-a iertat repede soțul – își lăsa fiul să meargă la el, apoi nepoții. Karapet n-a mai vorbit niciodată cu soția lui. Și fiul și-l vedea rar – nu uita că plecase în tăcere, deși ce puteai să-i ceri unui copil de patru ani? După un timp, s-a întors și împotriva lui Maro. La început ea nu l-a băgat în seamă, apoi a început să răbufnească. Așa că se tot ciorovăiau.

Băieții aveau vreo treizeci de ani când a început războiul. Amândoi au plecat pe front. Amândoi au pierit, crestând în inimile părinților răni de nevindecat. În ziua în care s-a întâmplat asta, Karapet a venit la Maro, dar n-a îndrăznit să intre în casă, a stat în cerdac până dimineața. Când ea a ieșit, el dormea cu capul pe cotul îndoit. Mânecile cămășii îi erau leoarcă de lacrimi. Ea s-a așezat alături și l-a mângâiat pe umăr. El a început să plângă în somn. S-a împăcat cu nevastă-sa la înmormântare. Dar îndată ce s-au împăcat au plâns, s-au îmbrățișat – și s-au despărțit.

— *Tati*[1], ah, *tati*! a smuls-o un nepot pe Maro din gândurile ei.

---

1. Bunico (arm.). (N. a.)

— Îm?

Ea s-a uitat în jur, ștergându-și ochii cu dosul palmei. Exploziile se auzeau tot mai încet și mai departe, curând aveau să amuțească de tot – vor putea să iasă din adăposturi, să-și numere viii, să-și îngroape morții.

— *Tati*! Mezinul se uita la Maro cu ochii tatălui său, de-asta toți tresăreau când îl vedeau – și frații, și bunica –, fiindcă tare semăna cu el, cu ochii lui negri și pistruii roșcați. De ce nu l-am lăsat pe nenea Karapet sus? Că doar oricum e mort.

— Mort sau viu, omul rămâne om, i-a răspuns Maro.

Un cocoș a cântat zgomotos, țipătul lui a fost urmat de un altul, apoi de un al treilea. Pasărea ghicea întotdeauna fără greș când se linișteau lucrurile. Maro s-a ridicat și a descuiat ușa pivniței. Puteau să iasă – și să trăiască mai departe.

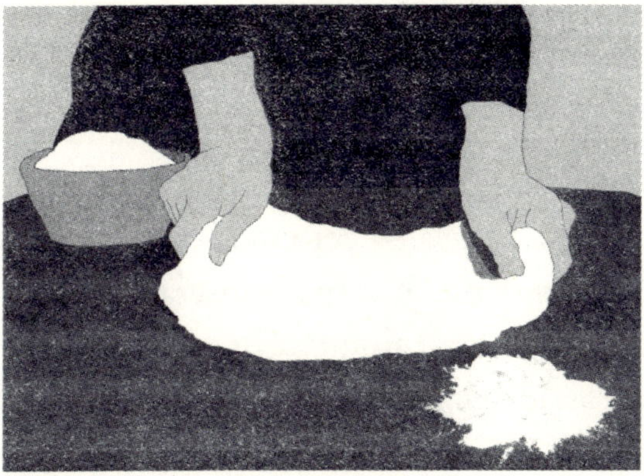

Baclavaua

Nora bătrânei Maro a murit în a treia zi de potop, când drumurile ajunseseră atât de inundate și copacii erau atât de îmbibați de apă, încât nu-și mai puteau ține crengile – acestea atârnau neputincioase, picurându-și frunzele ude, iar râul ceresc se tot umfla și se revărsa, spălând lumea cu șuvoaiele lui răcoroase.

Bătrâna Maro parcă simțise că avea să se întâmple o nenorocire, încercase s-o convingă pe noră-sa să nu plece, cu toate că în ajun ea însăși făcuse o tavă mare de baclava – aluat subțirel, un strat aerat de albușuri bătute cu zahăr și nuci, o crustă rumenă, unsă generos cu miere cu scorțișoară încălzită pe baie de aburi – cuscră-sii îi plăcea scorțișoara, așa că să fie din belșug, cum-necum e sărbătoare, împlinește șaizeci de ani, fiica hotărâse să meargă să-i dăruiască baclavaua mamei, care locuia pe celălalt versant al Muntelui Bufniței. Cu două zile în urmă veniseră frații ei – trei uriași tăcuți; când au intrat în casă, parcă s-a terminat aerul, Maro a lăsat toate ferestrele deschise larg peste noapte, ca să aibă ce respira. Frații duseseră în oraș produse ale molokanilor[1] – mere murate, varză cu merișoare, plăcinte cu brânză dulce și fructe de pădure. La întoarcere trecuseră s-o ia pe sora lor. La început, Maro se învoise cu ușurință s-o lase să plece, dar apoi se speriase. Dar n-a putut s-o convingă să nu se ducă.

Când nora se pregătea să iasă, Maro a făcut o ultimă încercare s-o oprească – s-a așezat în pragul ușii, blocând drumul, și a clătinat din cap: Nu pleca, fetițo, te rog, ascultă-mă, nu pleca.

Totul s-a întâmplat pe marginea trecătorii, când mașina, ieșind dintr-o rafală de ploaie, a intrat pe serpentina ce duce spre Defileul Bufnițelor; nora ei stătea în spate, între cei doi frați mai

1. Sectă creștină desprinsă din ortodoxie pe teritoriile slavilor de Est. (N. tr.)

mari, ținând pe genunchi tava cu baclava, pe scaunul din față stătea fratele cel mic, la volan era Krnatanț Horen – el știa unde să încetinească și unde să meargă cu viteză mare, ținându-se cât mai departe de râpă.

Înainte de a ieși pe porțiunea periculoasă, el a avertizat: Acum țâșnim; frații s-au aplecat înainte, susținându-și sora cu trupurile lor; motorul a huruit, luând viteză, deasupra trecătorii cerul se revărsa, norii ajungeau până la pământ, încurcându-se în coroanele căzute ale copacilor; Cinci, patru, trei, doi, unu, a numărat Horen, trăgând de volan spre defileul salvator.

Nimeni n-a auzit zgomotul împușcăturii, dar toți deodată au observat crăpătura apărută nu se știe cum pe parbriz; s-a ramificat atât de repede în toate părțile, de parcă fugea de ea însăși, în centru se zărea o găurică minusculă – urma glonțului –, fratele mai mic s-a întors și deodată a început să plângă, sora lui îl privea uimită și zâmbea, ca în copilărie, ușor strâmb, cu colțul stâng al buzelor.

Bătrâna Maro avea șaizeci și doi de ani când i-a murit nora, lăsând copiii mici. A fost prima moarte petrecută pe drumul vieții care ducea de la Berd la Defileul Bufnițelor, acum acolo zile în șir e o asemenea liniște, că se aude cum cresc florile de munte, iar noaptea nu poți să dormi de cântecul bufnițelor, dar asta e acum, atunci tăceau, și nici vânturile nu cântau, căci peste trecătoare domnea războiul.

Bătrâna Maro a murit când nepotul ei cel mare împlinise douăzeci de ani, l-a întâmpinat când s-a întors de la armată, iar a doua zi a căzut la pat, s-a dus în ajunul Paștilor, în liniște și pace, au îngropat-o între fiu și noră; pe fiu-său războiul îl luase imediat, pe noră doar ceva mai târziu, pesemne trebuia să se întâmple așa dintr-un motiv sau altul, să piară el primul, iar din mașina cu patru bărbați adulți să piară tocmai ea, era fără îndoială ascuns aici un plan al Domnului de neînțeles pentru mintea omenească, își zicea bătrâna Maro, străduindu-se să-și stăpânească amărăciunea care-i sfârteca sufletul, cu care, de fapt, n-a reușit până la urmă să se împace, fiindcă n-a mai făcut niciodată baclava – aluat din foitaj, albușuri bătute cu zahăr și nuci, crustă rumenă, unsă generos cu miere cu scorțișoară, și așa a rămas ultima ei baclava pe genunchii nurorii moarte, alta n-a mai fost, dar cum să mai faci baclava când inima îți urlă, urlă de durere.

Șosetele

Trebuiau să taie vaca. Horen nu voia să facă asta, tot amânase până-n ultima clipă, nădăjduind că o să se facă bine. N-o dădea la cireadă, se ducea la marginea satului, chiar pe malul râului și se uita cum paște neputincioasă, cum, răsuflând greu, bea apă – fără poftă, încordată, icnind.

— Malișka, ce-i? o dojenea el stupid, mângâindu-i creștetul palid-auriu.

Își dorea din toate puterile ca ea să trăiască. Vaca mugea amar, își clătina capul și îl privea cu ochii stinși, înconjurați de gene albicioase. Horen își apropia palma de botul ei fierbinte, mormăind supărat. Făcuse tot ce era nevoie ca să-i ușureze cumva starea: îi frecase și burta cu o frânghie de paie, îi dăduse și decocturi de cimbru și podbal. Știa că n-o s-o vindece, dar nu putea să se uite la ea cum se chinuie fără să facă nimic. Adevărata cauză a bolii Malișkăi i-a dezvăluit-o doar mamei lui. Aceasta l-a ascultat în tăcere, a mișcat mut din buze, apoi a lăsat andrelele deoparte, și-a întins gâtul, uitându-se cu ochi goi pe fereastră, după cineva, și a întrebat neliniștită:

— Horen s-a întors de la școală?

Horen a șovăit o clipă, apoi a liniștit-o: S-a întors.

Ea a dat din cap: Bine.

El s-a ridicat, a făcut nehotărât câțiva pași, vrând să întrebe ceva, apoi a dat din mână a lehamite, s-a aplecat mormăind ceva, i-a sărutat marginea baticului care mirosea a căldura soarelui – franjurii moi i-au gâdilat obrazul, el și-a mușcat buza, stăpânindu-și oftatul amar ce stătea să-i țâșnească din piept. A întrebat, fără să spere la vreun răspuns:

— Să plec, mamă?

Și ea nici nu i-a răspuns.

Malișka murea de supărare. Horen pesemne că știa asta, dar n-a povestit nimănui în afară de mama lui. Oricum nu l-ar fi crezut nimeni. Cine să creadă că se putea întâmpla așa ceva tocmai cu ea, atât de sperioasă și precaută? Fusese din primele zile de viață foarte timidă, rar lăsa pe cineva să se apropie, când era în cireadă mergea întotdeauna după gampr[1] – unde era el, era și ea. Cu el era mai ocrotită. Inițial, câinele n-o băga în seamă, apoi a început să se supere, o dată chiar a apucat-o de pulpă, nu dureros, dar să simtă. Malișka a mugit, a plâns, ciurdarul, povestindu-i lui Horen cele întâmplate, și-a unit vârful degetului mare de al arătătorului: „Uite-așa de mari lacrimi, cât bobul de strugure". Horen abia s-a abținut să nu-i spintece burta câinelui. Acesta, simțindu-i starea de spirit, s-a retras vinovat, plecând mult botul și ascunzându-și privirea, apoi a dispărut cu totul de acolo. Malișka l-a iertat, ca un copil – ușor și pentru totdeauna, pentru că a doua zi iar s-a luat după gampr. Amintindu-și de caracterul înfricoșător al stăpânului ei, câinele a răbdat, n-a sărit la ea, dar apoi, încetul cu încetul, surprinzând pe toată lumea, s-a atașat de vacă. Începând de atunci, după ce alerga în cerc în jurul cirezii, se întorcea neapărat acolo unde păștea ea. Când

1. Câine-lup armenesc, rasă provenită din munții Armeniei. (N. a.)

era vreme rea stătea mereu lângă ea – Malișka se temea de furtună și, când auzea primele tunete, încă îndepărtate, încerca cu stângăcie să se ascundă: ba se ducea după un ciot de stâncă, de unde putea să alunece și să cadă, ba cobora în râpă, de unde apoi era greu să urce înapoi, pe pământul alunecos. Odată, a rămas în urma cirezii și s-a rătăcit. Horen a găsit-o după urletele prelungi ale șacalilor – a dat fuga la chemarea lor ce-i îngheța sângele-n vine, fără să se uite pe unde pășește. Când a ajuns la Malișka, o înconjuraseră din toate părțile și, strângând încet cercul, se apropiau urlând și arătându-și colții. Horen a fost uimit atunci de privirea ei – distantă, peste capetele lor. Nici nu făcea vreo încercare de a se apăra – stătea ca o stană de piatră, ca o statuie a ei înseși. El a intrat în desiș și a împrăștiat fiarele. Când a ajuns câinele, mâinile lui Horen șiroiau de sânge și pe glezna stângă avea un semn adânc lăsat de o mușcătură. Cine știe ce-ar fi pățit dacă n-ar fi fost câinele ciobănesc, sub al cărui atac feroce șacalii i-au dat drumul, chiar dacă fără voie, apoi au fugit, aruncându-și unul altuia lungi schelălăituri pline de răutate. Malișka nu l-a recunoscut pe Horen și s-a îndepărtat, pășind șovăitor – o împiedica ugerul plin. El a ajuns-o din urmă, i-a cuprins gâtul cu brațele, a mângâiat-o pe bot, pe urechi. Ea a mugit – supărată, cu reproș. El a muls un pic de lapte, ca să-i ușureze starea, și a dus-o la râu, să se adape. Ea n-a băut, dar zgomotul apei a liniștit-o – a părut că reînvie și chiar s-a înseninat un pic. Drumul de întoarcere a fost lung și greu – Malișka se oprea des, respira sacadat, clătina din cap, ca după un șoc, sau pornea în sens invers. Horen o întorcea cu răbdare, îi săruta ochii, o încuraja. Au ajuns acasă noaptea târziu. Toți dormeau, în afară de nepoțica cea mare, Lusine, care moțăia în cerdac așteptându-i, înfășurată într-o pătură țesută în casă. După ce și-a îmbrățișat bunicul, fără să-l întrebe nimic, a spus ea totul în locul lui: „Ai căutat-o mult, ai obosit". Horen a dat afirmativ din cap – „Așa a fost, *țavd tanem*[1]". „Mă descurc eu cu ea, tu du-te", l-a liniștit Lusine și a dus vaca în grajd. Când s-a întors, l-a ajutat să-și spele rana de la picior și i-a dat cu alifie vindecătoare. „Șacalii?" „Șacalii, naiba să-i ia!" „Mâine trebuie să te duci la policlinică." „Ar trebui", s-a învoit Horen, dar nu s-a dus – nu-i ardea de asta.

---

1. O să-ți iau durerea (arm.). (N. a.) Expresie care exprimă afecțiune sau compasiune. (N. tr.)

Din spaima aceea, Malișka nu și-a mai revenit. Și-a pierdut pofta de mâncare, a început să slăbească vizibil. A încetat să dea lapte, apoi sfârcurile i s-au astupat de tot. Nici compresele reci și fierbinți, nici ceara de albine topită și împachetările calde nu i-au adus alinare. Nici tabletele prescrise de veterinar n-au ajutat. „Trebuie s-o tăiați până nu e prea târziu", a spus el ferindu-și privirea când a venit s-o vadă din nou. Horen ar fi vrut să-l înjure, dar s-a abținut. Dacă ar fi trăit Mușeganț Aramais, ar fi găsit el o cale s-o salveze pe Malișka. Ăsta tânăr încă nu știe nimic despre viață, nu tratează animalele ca pe niște egali. Și dacă n-o face, cum să te aștepți de la el la ceva cu rost?

Din ziua aceea s-a ocupat singur de vacă, devotat – și fără speranță.

— Ei, ce ne facem, Malișka? o întreba, privind-o în ochi.

Ea mugea jalnic. Suferea din pricina insectelor, care, simțind miros de sânge, roiau în jurul ugerului ei scofâlcit, pișcând-o dureros și sugându-i puțina vlagă. La început le gonea dând slab din coadă, dar apoi nici pentru asta n-a mai avut putere.

Se născuse în anul crâncen al războiului, când abia dacă mai rămăseseră câteva animale în sat.

Când a văzut-o, nora bătrânei Maro a bătut din palme și a exclamat: „Ce *malîșka*[1] frumușică!“ Ea era molokană, vorbea un dialect rusesc cântat, lungind cuvintele la sfârșit. „Atunci, Malișka să-i fie numele“, a spus Horen.

El însuși se oferise s-o ducă cu mașina la maică-sa, fiindcă știa fiecare palmă de drum prin trecătoare, trebuia să te pricepi să mergi pe acolo, cu viteze diferite, ca să nu apuce lunetiștii să te ia la ochi. Trecuseră atâția ani, dar și acum își amintea pârâitul crăpăturii care se ramifica pe parbriz și strigătul prelung, neașteptat de subțire, copilăresc al fratelui mai mic – Kaaatia, Kaaaatiuuușka? Horen a întors pe serpentină – în față putea să fie o ambuscadă – și a gonit înapoi cu o viteză mortală pe drumul îngust, muiat de ploaie. Frații mai mari, cu umerii strânși laolaltă, își îmbrățișau sora, cel mic sprijinea tava cu baclava, pe țesătura de lână scânteiau două minuscule pete purpurii, el le mângâia grijuliu cu degetele – cu arătătorul, cu degetul mare și apoi iar cu arătătorul – și scâncea ca un copil.

— Ce om de nimic mai sunt și eu, Malișka? N-am putut s-o apăr pe nora bătrânei Maro. N-am

---

1. Micuță, fetiță (rus.). (N. tr.)

putut s-o apăr pe fiică-mea, pe Antaram. Nici pe tine n-am putut să te apăr de șacali. Ce om de nimic mai sunt și eu? șoptea Horen, mângâind vaca pe gâtul slăbănog. Malișka respira greu, chinuită de durere, dar nu plângea. Mirosea nu a boală, ci a rouă și nu-mă-uita. Horen a tăiat-o în curtea din spate și tot acolo a și îngropat-o.

Când s-a întors, mama lui stătea sub dud și împletea o șosetă de copil la patru andrele.

— Spune-mi ceva, a rugat-o Horen.

Ea a zâmbit – absent și distrat –, el și-a trecut degetele peste mâna ei, pielea îi era palidă, cu pistrui ruginii, și uscată, ca o bucată de lipie uitată pe masă.

— Spune-mi ceva! a implorat-o el.

Ea a terminat rândul, fără greșeală – avea un fel numai al ei de a distinge culorile prin pipăit – și a schimbat firul violet cu unul galben. Și-a ridicat spre el ochii incolori, lipsiți de lumină:

— Uite, îi împletesc șosete în dungi lui Horencik. Sunt frumoase?

Covorul

Krnatanț Lusine s-a măritat în ziua în care a împlinit douăzeci de ani. În prima sâmbătă din septembrie au venit socrii să-i ceară mâna. Soacra i-a făcut cadou un inel – un rubin purpuriu strălucitor într-o montură de sidef –, o brățară măiestrit gravată și niște cercei grei – pretențioși, de un roșu mat. Cumnata i-a dăruit lenjerie de mătase – Lusine nu mai văzuse niciodată așa ceva, dar visase la ea în taină: un combinezon transparent delicat, un portjartier subțire – fiecare clips era o aripă de fluture. Logodnicul a adus în casă un covor și l-a pus, nu se știe de ce, pe masa din sufragerie. Când l-au desfășurat, celor prezenți li s-a tăiat răsuflarea. *Nani*[1] s-a aplecat peste brațul fotoliului în care ședea zile în șir – era o bătrână de nouăzeci de ani care pierduse socoteala timpului și a evenimentelor –, a mângâiat covorul, a ascultat foșnetul plușului, și-a trecut degetele aspre pe dosul covorului și a întrebat numai din buze: Antaram l-a țesut?

— Da, au răspuns neauzit musafirii.

— S-a întors în sfârșit, s-a înseninat de bucurie *nani*.

Ca să n-o sufoce durerea care-i sfârteca sufletul, Lusine s-a prăbușit la pământ și a început să plângă cu fața pe genunchii ei. Ultima dată *nani* zâmbise așa când strănepotul cel mic rămăsese nevătămat ca prin minune după ce răsturnase pe el un ceaun greu cu apă clocotită. Atunci zâmbise – ușor și luminos. Și recitase o rugăciune de mulțumire.

Nani de mult nu mai recunoștea pe nimeni și trăia trecutul invers – după atacul de inimă, dădea timpul înapoi de parcă ar fi desfășurat un ghem. Acum își vedea copiii doar mici, ca adulți nu-i recunoștea. Lusine avea să-și amintească întotdeauna cum plânsese bunicul ei – singurul fiu

1. Străbunică (arm.) (N. a.)

al lui *nani*, un bătrân zdravăn, cu păr cărunt, puternic și neînfricat, care niciodată nu fusese văzut șovăitor sau descumpănit, cum îi căzuseră brusc umerii, fața i se lungise și începuse să plângă atunci când, întrebând-o pe mama lui cum se simte, ea răspunsese cu vinovăție: „Iartă-mă, nu te cunosc, cine ești?“ Iar la răspunsul lui uimit – Sunt eu, fiul tău – ea arătase cu capul spre nepoțelul de zece ani, același care scăpase ca prin minune să fie opărit: „Uite-l pe Horen al meu. Tu cine ești?“

Fără nici o umbră de regret, cuviincios și resemnat, se desprindea de trecut, ștergându-și din amintire tot ce constituise cândva sensul vieții sale: familia, vecinii, casa părintească, ulicioarele pârjolite de vară ale vechiului Berd, vântul rece care aducea răsuflarea de omăt a munților, urma umedă de rouă pe șușaband[1] – dacă-ți mijeai ochii, puteai să prinzi o rază de soare în fiecare ferestruică. Copiii ei erau acum unul mai mic decât altul: Horen avea zece ani, Manișak, opt, Zoe, șapte, iar Janna, cinci. Și doar nepoțica, Antaram, avea invariabil douăzeci și cinci.

După ce socrii au plecat, Lusine și-a scos podoabele primite cadou, le-a pus într-un sertar al

1. Verandă vitrată, geamlâc. (N. a.)

comodei, și tot acolo a pus și lenjeria de mătase – era frumoasă, dar n-avea de gând s-o poarte – numai la nuntă, ca să nu-și supere noile rude. Și-a pus rochia simpluță de stambă – mirosea ca de obicei a sovârv și a fier de călcat încins – și și-a împletit părul într-o coadă groasă. S-a întins pe covor și s-a acoperit cu marginile lui grele. A respirat adânc de câteva ori, potolindu-și bătăile inimii, și, neașteptat pentru ea, a căzut într-un somn liniștit și adânc. Covorul o îmbrățișa așa cum o făcea mama ei în copilărie. Și cum nimeni n-o mai îmbrățișa acum.

Antaram țesea covoare. Fiecare îi lua mai mult de un an. Avea un talent rar: știa să potrivească culorile și avea un uimitor simț al măsurii. Ceea ce altora li se părea un model simplu, în interpretarea ei se însuflețea și căpăta sens.

Învățase târziu să țeasă – la douăzeci de ani. Apucase să facă patru covoare cu totul. Cu ultimul s-a dus la oraș, la expoziție. Era un moment de liniște – tocmai se declarase armistițiu și se deschisese drumul care ducea prin trecătoare spre lumea mare. Dar războiul are regulile lui, și orice armistițiu nu e altceva decât un pretext pentru a fi încălcat. De aceea, Antaram a plecat din Berd, dar la oraș n-a mai ajuns. După două zile au găsit corpul șoferului. Antaram dispăruse. La fel și covorul.

Lusine avea patru ani, nu-și amintea cine știe ce. Singurul lucru care-i rămăsese în memorie era mirosul persistent și înțepător de medicamente – *nani* căzuse la pat chiar atunci lovită de un atac de inimă grav. Iar când a sosit vestea că Antaram e prizonieră, a adormit și nu se mai trezea. Medicii au reușit s-o salveze, dar orbise aproape de tot și uitase ce se întâmplase. A început să se scuture de întâmplări și oameni așa cum își scutură un copac frunzele toamna.

Antaram le-a fost înapoiată după ce au trecut iarna și jumătate de primăvară. Corpul separat, mâinile separat. Pe capul ras era tatuată o injurie: *kiahpa*[1]. *Nani* n-a aflat asta, și nici că acum neamul lor era numit Krnatanț: Fără Mâini[2].

Tot ce le-a rămas rudelor ca amintire de la Antaram au fost războiul de țesut și niște sculuri de mătase neînsuflețite. Ultimul ei covor se prăpădise în trecătoare. Celelalte trei fuseseră vândute unor oameni care plecaseră în alte ținuturi.

---

1. Prostituată (azer.). (N. a.)

2. *Krnat* (literal) înseamnă om cu mâinile tăiate (arm.). (N. a.)

Prin ce minune reușiseră socrii lui Lusine să găsească covorul pierdut, *nani* n-a întrebat. L-a îmbrățișat pe logodnic și i-a șoptit ceva la ureche. Acesta a scrâșnit din dinți și a încuviințat scurt din cap.

Krnatanț Lusine s-a măritat în ziua în care a împlinit douăzeci de ani. A luat din casa părintească numai războiul de țesut și covorul mamei sale. L-a atârnat pe perete și se așeza în fața lui, studiindu-l. Nu plângea, tăcea. După un an a învățat să țească covoare. În popor li se spunea Antaramner – Cele care nu pălesc. Se zicea că în modelul fiecăruia Lusine împletește numele mamei sale. Unii reușeau să-l citească, alții nu.

Valea

Noaptea s-a întins peste lume îndesându-se temeinic la marginile orizontului, ca să nu treacă nici cea mai mică rază de lumină, nici cea mai mică adiere –, a presărat fundul cerului cu puzderie de stele, a înăbușit zgomotele și vocile și a dat drumul bufnițelor și liliecilor ca să străjuiască liniștea. Bufnițele, cu țipătul lor trufaș, zburau printre copaci abia atingând crengile cu vârfurile aripilor largi. Liliecii fâlfâiau atât de jos, că trebuia să-ți tragi capul între umeri de fiecare dată – Karen își amintea și-acum poveștile de groază din copilărie despre cum, dacă ți se înfig în față, nu-i mai poți desprinde niciodată. „O să trebuiască să trăiești cu liliacul pe față până când îmbătrânește și moare", îl speria Lusine hohotind zgomotos. „*Ahci*[1], nu vezi că se sperie? De ce ești așa de mică și așa de rea?!" îi sărea în ajutor nepotului mătușica Armenuș. Era cu doisprezece ani mai mare decât Karen și îl ocrotea ca pe un frate. Lui Karen îi plăcea grija asta, dar de fiecare dată o contrazicea: „Da' nu mi-e frică mie, dimpotrivă!" Lui Lusine nu-i purta pică – cum să te superi pe fetița cu care ai hotărât să te însori? Și neapărat avea să se însoare cu ea, numai să mai crească. Peste vreo trei ani, sigur se însoară. Lusine avea pe-atunci șase ani, el, nouă.

De la stâlp, valea se vedea ca-n palmă. Karen îi știa pe dinafară fiecare centimetru și chiar și acum, în întunericul pe care aproape că puteai să-l tai cu cuțitul, putea să distingă matca delicată a râului, drumul șerpuit care se întindea spre poalele Stâncii Fecioarei și marginea viei părăsite – începea de la marginea Berdului, mergea până la graniță – câteva hectare de viță sălbatică, pe care de aproape două decenii n-o atinsese mână de om.

Cu o seară înainte venise Lusine; la stâlp, firește, n-au lăsat-o, dar le-au dat voie să stea puțin

1. Adresare colocvială către o fată sau o fetiță. (N. a.)

singuri – toți înțelegem că îndrăgostiților le e greu să stea despărțiți cincisprezece zile. Au stat tot timpul ținându-se de mână. Lusine i-a povestit despre bunicul ei, care îngropase vaca, despre străbunica ei, care nu-și mai amintea nimic în afară de zilele fericite. Cu privire la mama ei a păstrat tăcerea, ca de obicei. Avea vârfurile degetelor aspre și palmele înnegrite – curățase niște nuci verzi pentru dulceață. Uitându-se pe furiș în jur, să nu-i vadă nimeni, ca să nu-i chinuie după aceea cu tot felul de glume, Karen i-a sărutat fiecare degețel. Lusine i le dădea de bunăvoie, asigurându-l: „Nu te teme, o să se curețe repede." „ N-au decât să rămână și-așa!" a oftat Karen. „Tot m-ai iubi?" „Tot te-aș iubi."

La picioarele lor, scăldată în lumina soarelui, se întindea valea, cu pacea și generozitatea verii. Ar fi vrut să-și scoată pantofii, să-și umple plămânii cu aer și să se întreacă de la un capăt al ei la altul, până la graniță. Să se ascundă în arbuștii de viță crescuți în neștire, să se sărute până amețesc, departe de mulțimea de ochi, de atenția oamenilor. Lusine s-ar fi făcut ghem și s-ar fi sprijinit de el, el ar fi îmbrățișat-o cu o mână, iar cu cealaltă ar fi rupt cu grijă un cârcel răsucit și l-ar fi mâncat, strâmbându-se de acreală. „El m-a dus în casa de ospăț și sus drept steag era iubirea“[1] – ar fi șoptit ea, și el ar fi ascultat-o, topindu-se de tandrețe. „Cum este mărul între copaci, așa este dragul meu printre flăcăi. Să stau la umbra mărului îmi place, dulce este rodul lui în gura mea!“[2] ar fi continuat ea. „Ce roade ale mele ar fi dulci în gura ta?“ ar fi tachinat-o el. Ea s-ar fi întors și l-ar fi plesnit peste frunte – prostănacule! El ar fi strâns-o lângă el – Și asta zice o prostănacă! Ar fi vrut dureros de tare să-și scoată pantofii și să se ia la întrecere de-a lungul viei crescute în neștire, dar stăteau, ținându-se de mână, și priveau valea în care nu fuseseră niciodată. Copii ai războiului, care țineau minte pentru totdeauna regula lui principală: aici e pământul tău, acolo e al altora. Între ele e o fâșie neutră, respinsă de viață, a nimănui, un drum care le e interzis tuturor.

Karen privea valea zi și noapte câte cincisprezece zile – perioada de-a lungul căreia serveau în armată bărbații adunați din populația civilă. Într-o regiune de graniță aflată veșnic în război nu se găsea de lucru, așa că se duceau la armată. Îți riști viața, dar măcar aduci niște bani acasă. Karen

1. Aici și mai departe, citatele sunt din Cântarea Cântărilor. (N. a.) Aici, 2:4. (N. tr.)

2. Cântarea Cântărilor, 2:3. (N. tr.)

făcea cu schimbul cu tatăl lui. Așa trăiau – în prima jumătate a lunii păzea granița fiul, în cealaltă jumătate, tatăl. Aproape că nu se vedeau, dar casa și gospodăria erau ocrotite – mama și sora lui nu s-ar fi descurcat fără ajutorul unui bărbat. Și sora mai mică a tatei, mătușica Armenuș, avea nevoie de ajutor. Tata slujea în armată cu mare greutate – lupta, apoi se întorcea acasă schilod: cu coloana fracturată, cu schije prin tot corpul. În ciuda avertizărilor medicilor, se ducea. Schijele din trup își făceau din când în când simțită prezența, și tata era chinuit de dureri, dar îndura fără să se plângă, glumea doar că, adică, important e să nu mă nimerească vreun fulger, că astea-s tâmpite, nimeresc orice metal, iar în mine e atâta fier, că dacă-l scoți poți să faci un plug cumsecade din el. Karen îl văzuse o singură dată într-o dispoziție proastă, cu vreo doi ani în urmă, când venise soțul mătușicii Armenuș. Tata atunci se spălase, se bărbierise, îi arătase mamei unde sunt ascunse proviziile, își pusese o cămașă curată și plecase să-și omoare nefericitul cumnat. L-au întors abia la jumătatea drumului.

Pe la *enbaști*[1] liniștea devenise mai densă peste vale, înăbușind cântecul bufnițelor și șuieratul

1. Așa-numita „vreme a lupului“, perioada dintre miezul nopții și ora trei. (N. a.)

vântului în coroanele stejarilor seculari, dar deodată s-a pornit plânsul urlat al șacalilor, creând o atmosferă sumbră de jale și disperare. Veniți odată cu războiul, ei păreau să fi rămas în ținuturile acestea pentru totdeauna. Urletul lor rău se răspândea seara pe deasupra caselor, băgând frica în oameni și-n animalele domestice și ducându-i pe câinii de prin curți aproape de nebunie – aceștia lătrau până răgușeau, smucindu-se în lanț. Șacalii făceau parte din război, miroseau a război.

Luna aluneca pe bolta cerească, luminând-o cu strălucirea ei palidă; Karen, privindu-i nimbul difuz, se bucura, asta însemna că dimineața avea să se lase o ceață de nepătruns, albă ca laptele, și țăranii aveau să poată culege recolta. Erau nevoiți să muncească noaptea sau pe ceață – pe vreme senină din partea cealaltă a graniței erau țintiți în special civilii. Încă o regulă a războiului – spaima asta a victimelor fără sens – pe care inamicul o respecta cu strictețe, necruțând nici copii, nici femei, nici bătrâni.

Radiotransmițătorul a hârâit, Karen a răspuns și, după ce deja închisese, a observat în dreapta, chiar la marginea viei, o mișcare. Prin binoclu a reușit să distingă o umbră – fără să se ferească prea tare, cineva alerga de-a curmezișul fâșiei neutre spre graniță. Nu era timp de gândire; a scos pușca și a țintit – unul de-ai lui nu s-ar fi îndreptat în direcția aceea. Umbra secerată de glonț s-a prăbușit, radiotransmițătorul a hârâit din nou, Karen a raportat situația din fugă – „Nu părăsi postul!“ a lătrat aparatul, dar era deja târziu – se afla la jumătatea drumului spre locul unde zăcea cel împușcat. „Trimiteți pe cineva în locul meu“, a oftat el fără să-și încetinească fuga. „Roagă-te să fi rămas în viață“, a lătrat aparatul și, după o înjurătură grea, s-a închis.

Bărbatul zăcea nemișcat pe burtă, Karen l-a împuns cu gheata, ținându-l în cătarea puștii, el a gemut surd, a încercat să se întoarcă pe o parte, dar n-a putut, și-a tras doar mâna de sub el – era pătată de sânge la cot. Karen l-a întors pe spate și a încremenit: era un adolescent de cel mult paisprezece ani, bătut zdravăn, cu vânătăi și zgârieturi pe chip. După ce l-a percheziționat rapid și n-a găsit nici o armă, Karen i-a cercetat rana – se întindea ceva mai jos de coastele din stânga, șiroind puternic de sânge, dar nu părea mortală. „Azerii?“ a întrebat el. Tânărul n-a răspuns, dar a început să plângă.

Soldații au ajuns practic imediat, și apoi s-a desfășurat rutina obișnuită – povestește cum s-a petrecut totul, scrie o notă explicativă, de ce n-ai respectat ordinul și ți-ai părăsit postul, ascultă mustrarea cuvenită – căpitanul, care-l cunoștea aproape din leagăn, i-a amintit până și de străbunicul Anes: „Flăcăule, ești la fel de blând ca și el, de ce ți-ai lăsat postul, dacă era o diversiune sau o manevră înșelătoare, la război ești, sau unde?“ a tunat el. După ce a tras o înjurătură, a scos două țigări și i-a întins una – ia și fumează, prostule.

Au fumat.

— Știi de unde-i azerul ăsta?

— Habar n-am, *paron*[1] căpitan.

— Din Omarbeili. O să-l dăm la schimb. Pe unu de-al nostru, sau, dacă avem noroc, pe doi.

Învârtind stângaci țigara între degete – se apucase foarte recent de fumat –, Karen s-a fript. S-a uitat cu coada ochiului la căpitan. Acesta a dat scurt din cap:

— Dacă nu reușim să-l schimbăm pe doi, îl schimbăm pe unu, dar cu o condiție: din pământ, din iarbă verde, să scoată covorul. O să ducem înapoi covorul lui Antaram, doar ți-am promis. Îl ducem.

1. Domnule (arm.). (N. a.)

Așteptarea

Kolinanț Țovinar avea opt ani când s-a prăpădit mama ei.

Tata nu voise s-o lase singură la oraș, dar mama insistase ca el să rămână: „O să fiu mai liniștită așa". Chiar era mai liniștită așa – pentru soacră, pentru fiică, pentru gospodărie. Uite, când se usucă lâna spălată și bine bătută – cine s-o adune? Cine să încălzească mâncarea de prânz și s-o servească? Soacra zăcea la pat într-o criză de podagră, Țovinar avea doar opt ani, nu se putea descurca singură. Tata s-a învoit cu inima strânsă. Pe la amiază a sosit vestea că bucata de drum pe care mergeau mașinile dincolo de Muntele

Bufniței fusese cedată. Apoi, că bătălia avusese loc la scurt timp după ce rata cu care călătorea mama intrase în trecătoare.

În dimineața aceea, Țovinar fusese trezită înainte de venirea zorilor de ciripitul alarmat al vrăbiilor – refuzând să-și împartă prada, ele făceau zarvă în răzoarele bazilicii. S-a dus în bucătărie, pleoscăind cu picioarele goale pe podeaua rece și s-a întors cu un codru de pâine pe care l-a fărâmițat și l-a aruncat pe fereastră. A privit curioasă cum vrăbiile, părăsind într-o clipă răzoarele, adună însuflețite firimiturile. Celei mai mici i se zburleau câteva pene rupte – nu cumva o fi rănită? Ea însă, după ce a mâncat, a fâlfâit scurt și a zburat, atingând cu aripa zidul de piatră al casei. Țovinar și-a întins gâtul, urmărind-o cum, după ce plonjează în ceața dimineții, iese iar, parcă pentru a trage mai mult aer în plămâni, apoi dispare pentru totdeauna. Ceața deasă și vâscoasă se risipea încet, fără spor: ba se încurca în crengile unui gutui, ba se așeza pe coroanele stejarilor, parcă să-și tragă sufletul. Pe sub marginile ei ocrotitoare se zărea fundul înnegrit de buruieni al viei abandonate, sălbăticite. Rămași fără îngrijire, lujerii crescuseră și se înfășuraseră în strat gros pe araci – din loc în loc, din cauza greutății strugurilor, aceștia stăteau înclinați sau chiar se prăbușiseră cu totul.

Mama era însărcinată, mânca și nu se mai sătura. Toată lumea se minuna cum de încape atâta într-un singur om. Era convinsă că va fi băiat, dat fiind că atunci când fusese grea cu Țovinar uitase cu totul ce înseamnă foame, mânca în silă, și atunci doar pâine cu brânză, în fine, și mere – întotdeauna devorase merele în cantități mari. Tata nu se putea supăra pe ea, nu-i refuza nimic. De altfel, ea nici nu-i cerea nimic în mod special, poate doar șuncă de casă de care făcea Nemețanț Aleksan. Străbunicul lui Aleksan era neamț, de aceea mezelurile lui ieșeau mai gustoase decât ale altora – nu degeaba se spune că nimeni nu știe să usuce carnea de porc ca nemții. În ultima vreme tata lua șuncă pe datorie – nu-i ajungea salariul. Aleksan nu-l refuza – o să-mi dai când o să poți.

Prin luna a șasea, mamei a început să-i oscileze tensiunea. Doctorul local i-a recomandat să se ducă la oraș, la un specialist bun, prevenind-o că s-ar putea să fie internată. Mama a fluturat din mâini:

— Ce internare, le cer să-mi dea niște pastile și mă-ntorc acasă!

Țovinar a condus-o la stație. Mama i-a zâmbit din autobuz – rumenă, cu fața rotundă, fericită.

A dezvelit o bomboană de ciocolată, a mușcat jumătate, și pe cealaltă i-a întins-o fetiței. A trebuit să se ridice mult – pântecul rotund o împiedica să se aplece pe fereastră.

— Mănânc-o tu, a dat fetița din cap.

Mama a mâncat bomboana zâmbind vinovat – deja îi era foame.

— Ai luat sendvișurile? s-a neliniștit Țovinar.

— Le-am luat.

Și mama a mai dezvelit o bomboană.

Bunica s-a ridicat din pat îndată ce a venit vestea cumplită. A adunat lâna și a măturat curtea. A frământat aluatul pentru pâine. Muncea în tăcere, fără a se plânge de durere. Avea relații complicate cu noră-sa, și acum ispășea cu o muncă mult peste puterile ei pentru fiecare vorbă amară aruncată la necaz. Țovinar o vedea cum își trece degetele noduroase, strâmbate de reumatism peste teancul de cearșafuri călcate de noră-sa: pe deasupra, pe dedesubt, pe dreapta și pe stânga. S-a sprijinit cu fruntea de ele și a stat așa o vreme. Le-a pus în cufărul pentru lenjerie. Mișcările îi erau măsurate, egale, păreau o nesfârșită rugă pentru mântuire.

Drumul spre trecătoare a fost eliberat a doua zi spre seară. Tata a plecat imediat în căutare. S-a întors istovit, cu privirea stinsă și chipul schimbat, de nerecunoscut. Țovinar nu izbutea să se dumirească ce anume era schimbat, dar într-un târziu și-a dat seama: firele de păr alb i se înmulțiseră, și de aceea sprâncenele păreau neobișnuit de întunecate și dese și confereau feței o expresie sumbră, neomenească. Până la sfârșitul săptămânii, tata a albit cu totul. S-a înscris voluntar și a plecat pe graniță.

„Și fiecare gând era un vis, și fiecare rafală era fierbinte, și depărtarea ne chema din lumea întunecată..." Înainte, tata citea des din Terian[1] și discuta despre iertarea absolută și despre faptul că sufletul omenesc este mai puternic decât ispita. Țovinar n-a uitat niciodată aceste cuvinte.

În fiecare zi pe la ora șapte seara ea aduna diferite provizii: pâine cu brânză, ceai în termos, un pumn de bomboane și-un măr. Se ducea în stația de autobuz, se așeza pe bancă și aștepta. Știa că, dacă mama ei avea să se întoarcă, înainte de toate trebuia să-i dea de mâncare, că în ultima vreme mânca de parcă n-ar fi fost ea. Tata râdea:

---

1. Vaan Terian (1885–1920), poet și activist civic armean. Poezia citată este „Amintiri despre Institutul Lazarev", tradusă în rusă de T. Spendiarova. (N. a.)

N-o să ți se rupă buricul? N-are decât să se rupă, răspundea mama punându-și a treia porție de supă de găină.

Timpul înainta mai încet ca o țestoasă: iunie, apoi iulie. De la tata, nici o veste, bunica se ocupa de casă în tăcere. Nu-i interzicea să se ducă în stația de autobuz, dar întotdeauna plângea în urma ei.

Odată, Țovinar a fost trezită de o tuse bărbătească. A ieșit în fugă din cameră și s-a agățat de gâtul tatălui ei. Slăbise și îi crescuse barba, stătea puternic cocârjat, ținând țigara aprinsă în pumn. În colțul încăperii era o pușcă cu țeava în sus, care mirosea a praf și a moarte.

— Hai să-ți arăt, i-a poruncit tata și s-a îndreptat spre ieșire. Numai pune ceva pe tine.

Țovinar a înșfăcat din cuier primul lucru pe care l-a nimerit, și l-a pus pe umeri și s-a grăbit să-l urmeze. El s-a oprit pe scară, a stins țigara fumată pe jumătate de balustradă și a aruncat-o în curte. Țovinar și-a ferit repede privirea – înainte tata n-ar fi făcut așa ceva.

El a mers mai departe, fără s-o aștepte, ca și cum nu s-ar fi îndoit că o să vină după el, și ea a venit, întrebând însă de câteva ori: Unde mergem? Tatăl său nu i-a răspuns, dar a grăbit pasul, și ea a alergat după el, fiindcă deodată s-a speriat că, dacă îl pierde din vedere, n-o să-l mai vadă niciodată. Tata s-a oprit lângă magazie, a zăngănit din cheia grea, descuind lacătul masiv; Țovinar l-a privit în tăcere, mirându-se că pe ușa care nu se încuia niciodată apăruse un lacăt. L-a urmat înăuntru și a stat un pic să se obișnuiască cu întunericul. Într-un colț, a deslușit o umbră și a icnit: pe jos zăcea un om. Mâinile și picioarele îi erau legate strâns cu o sfoară, la gură avea un căluș, fața îi era plină de sânge închegat.

— Un prizonier, i-a aruncat peste umăr tata. L-am luat ca să-l schimb.

Lui Țovinar era gata să-i sară inima din piept.

— A fost găsită mama?

Tata a tușit sec.

— În caz că e găsită.

Țovinar a început să plângă.

La amiază a aruncat o privire în magazie. Bărbatul zăcea pe o parte scâncind și respirând greu. Ea s-a speriat că o să se sufoce și i-a scos călușul. A umezit o batistă și i-a șters fața. De sub sângele închegat și murdărie a ieșit la iveală un chip foarte tânăr, aproape de copil.

— Ți-e sete? l-a întrebat Țovinar.

Băiatul a scuturat din cap. Ea s-a dus în casă, a făcut un ceai, l-a turnat în termos ca să nu-l verse pe drum și s-a întors. A turnat în capac, i l-a dus la buze, dar el s-a ferit speriat.

— Bea!

Băiatul a început să plângă.

— Bea! l-a rugat Țovinar.

Ușa s-a dat brusc de perete și în prag s-a ivit tata.

— Ce faci aici?

— Am vrut să-i dau să bea, s-a întors Țovinar spre el. Dar el nu vrea, se teme probabil că ceaiul e otrăvit...

Tata a apucat-o de umăr și a tras-o brutal în sus, făcând-o să se ridice.

— Cui vrei tu să-i dai să bea ceai? Cui! Vrei! Să-i dai! Să bea! Ceai!?

Fața lui înfricoșătoare, de nerecunoscut plana deasupra ei, și Țovinar a închis ochii, ca să nu-l vadă pe tata așa cum nu voia să-l știe. Termosul i-a alunecat dintre degete și, stropind-o pe picior cu apă fiartă, s-a rostogolit pe podea.

Ușa magaziei s-a deschis cu zgomot.

— Fiule, fiule! a strigat bunica.

Tata i-a dat drumul la umăr. A făcut un salt, lovind furios termosul. Acesta a zburat în perete și, cu un scrâșnet jalnic, s-a împrăștiat în cioburi.

Țovinar și-a șters lacrimile. Inima îi bătea atât de tare, că i se părea că n-o să reziste și o să-i plesnească. A respirat adânc de câteva ori, ca să-și liniștească bubuitul din piept, și-a ridicat de jos jacheta pe care și-o aruncase pe umeri când ieșise din casă, a îmbrăcat-o, a scotocit aiurea în buzunar și a găsit o bomboană. A dezvelit-o și a mușcat jumătate. A mestecat-o și a înghițit-o, fără să-i simtă gustul. S-a apropiat de prizonier.

— Vezi, nu-i otrăvită.

I-a dus bomboana la buze. El a mâncat-o cu poftă.

Mai târziu a mirosit a necurățenii, mâinile și picioarele legate strâns îi sângerau acolo unde frânghia rosese pielea. Țovinar a vrut s-o slăbească, dar bunica n-a lăsat-o, a ajutat-o doar să-l ridice și să-l sprijine cu spatele de perete. A rugat-o pe nepoată să-i aducă apă caldă, săpun și niște prosoape vechi de bucătărie, pe care le transformase în cârpe.

Tata nu era acasă, pușca dispăruse, lăsând pe var o urmă întunecată, neregulată. Țovinar și-a umezit degetul cu salivă și a încercat să șteargă murdăria, dar n-a făcut decât s-o întindă mai rău.

Seara s-a dus iar în magazie. Tânărul dormea, cu capul căzut în piept. Ea l-a trezit și i-a dat să bea ceai. El și-a ridicat ochii spre ea, a dat să întrebe ceva, dar n-a îndrăznit.

— Nu te teme, i-a spus ea.

După ce a așteptat să se facă noapte, bunica i-a dezlegat frânghiile și l-a dus în via părăsită. I-a arătat în ce direcție să meargă. El i-a sărutat mâna și s-a topit în întuneric. O vreme s-a auzit cum înaintează printre buruieni, apoi s-a lăsat liniștea.

A doua zi, spre seară, Țovinar a adunat câteva provizii: pâine cu brânză, nelipsitul pumn de bomboane și mărul. La șapte fără un sfert stătea pe banca din stația de autobuz și, ținând pe genunchi bocceaua cu mâncare, își aștepta mama.

Vara

Pel-Anesanț Armenuș avea trei fiice: cea mai mare de șaisprezece ani, cea mai mică, de șapte.

Pel-Anesanț Armenuș avea o vacă, Kosulea, o capră, Tilo, și un câine, Valet. Și un coteț plin cu tot felul de păsări domestice: bibilici, gâște, găini și fazani fără nume. Și pe curcanul Dușman – ticălos și terorist, spaima întregului ținut. Armenuș tot flutura din mâini: uite, mișelul ăsta îl dovedește pe câine cât ai clipi. Valet scâncește vinovat, cu botul ascuns între labe. Spre deosebire de curcan, el e bunul samaritean: poți să intri în casă, să iei tot ce vrei și să nu mai aduci înapoi. Dușman însă e de-a dreptul vestitorul apocalipsei:

sașiu, zburlit, fioros. Gras și cu labele strâmbe, dar uimitor de agil: prinde o sută de pe loc. E bun de berbec, fără doar și poate. Fiecare oaspete nepoftit e inamicul lui de moarte. Se repede, lovește, îl tot împinge în poartă. Nu demult, la vecinii noștri au venit rudele de la oraș – cu o mașină neagră. Dușman și-a văzut reflexia în latura ei lăcuită, a luat-o drept inamic și a atacat în neștire. Nereușind să-și înfrângă potrivnicul, de ciudă și-a smuls un smoc de pene din piept.

Armenuș l-a dojenit mai târziu:

— Ne faci de râs în fața oamenilor. Cum de nu ți-e rușine?

Dușman a tăcut, deschizând ciocul într-un rânjet disprețuitor.

— Acuma umblă așa, pleșuv și zdrențuit!

— Glu-glu-glu-glu!

— *Zahmar*[1]! El se face de rușine, și tot el înjură!

Fiecare dimineață a lui Armenuș seamănă cu celelalte, fiecare noapte o repetă pe cea de dinainte. Și pe următoarea. Merge să bage în grajd vaca și capra. Hrănește păsările. Plivește și udă grădina de zarzavat. Fierbe laptele, lăsând o parte

1. Înjurătură în farsi care înseamnă „venin de șarpe". (N. a.)

pentru smântână și unt, restul – pentru brânză și caș. Frământă aluat. Își îndeamnă fiicele mai mici să facă ordine în camera lor. Aprinde cuptorul. Pune masa pentru micul-dejun. Are grijă ca una din fete să spele vasele – din proprie inițiativă n-o fac, se lenevesc la muncile gospodăriei. Face plăcintă cu nuci, o lasă să se răcească, o pune în coșul de nuiele. Își trimite fiicele mai mari la bazar s-o vândă. Pe la amiază, când soarele, împrăștiind dogoare de cuptor, se așază pe cușma bolții cerești, întinde în curte rufele spălate și își îndreaptă în sfârșit spinarea. Un pic de odihnă – și o ia de la capăt: călcat, gătit, cusut-cârpit. Așteaptă să se întoarcă fiicele mai mari, pune masa pentru cină. Gonește păsările în coteț, dojenindu-l în drum pe Dușman. Întâmpină cireada. Mulge vaca și capra. Lasă o parte din lapte pentru mațun[1], cealaltă o duce în pivnița răcoroasă. Nu uită să-i ureze noapte bună lui Valet. Are grijă ca fetele să-și spele și să-și usuce părul. Le împletește cozile. Le binecuvântează înainte de culcare.

Noaptea, când luna se rostogolește de după umărul lui Hali-kar și învăluie lumea amuțită

---

1. Un produs din lapte acru, amintind ca gust de laptele covăsit. (N. tr.)

într-o strălucire sfioasă, Armenuș stinge lumina în casă, aprinde lampa cu ulei și își face un ceai de cimbru. Întinde pe masă niște foi de hârtie, citește conștiincios ce a scris cu o zi înainte, tăind fraze și paragrafe întregi. Rescrie. Și continuă de unde s-a întrerupt:

...aș vrea să fie veșnic vară. Să fie acoperișurile pârjolite de soare. Să-mi curgă-n palmă la amiaza fierbinte șuieratul insistent al cicadelor. Să fie larmă de păsări și apusuri târzii. Să fie cerul nopții dens și aproape – să te ridici pe vârfuri și să iei în mâinile făcute căuș laptele de cerneală. Să șuiere vântul în coroanele înalte ale stejarilor – așa cum numai el știe. Așa, de parc-ar respira: hșșș-șșș, hșșș-șșș...

Armenuș adoarme mult după miezul nopții. Se trezește înainte de ivirea zorilor.

— Poate azi vine tata? întreabă mezina la micul-dejun.

— Poate vine, se învoiește Armenuș.

Fetele mai mari se uită una la alta, pufnesc, dar, prinzând privirea mamei lor, tac. Pe tatăl lor l-au văzut doar cu doi ani în urmă. A venit pentru o săptămână, apoi a plecat.

Bani, ce-i drept, trimite negreșit, nu prea mulți, dar trimite. Câteodată le sună – fetițelor, fetițelor. Cele mici vorbesc bucuroase cu el, cele mai mari îl salută și dau receptorul mai departe. Armenuș le tot îndeamnă: Vorbiți cu el, doar e tatăl vostru, sunteți sânge din sângele lui, vă e sprijin și ocrotitor. Fetele mari se supără: Ce ocrotitor?! Mai multă bază avem în Dușman decât în el. Ba până și-n Valet!

— Au crescut, mi-e greu s-o scot la capăt cu ele, i se plânge mai târziu Armenuș vecinei Nunik.

— Păi ce-ai fi vrut? Sunt fete mari de-acum, înțeleg totul, dă din umeri vecina.

— Tatăl nu trebuie să ți-l înțelegi, ci să-l iubești, se burzuluiește Armenuș.

— Ajunge că-l iubești tu!

— Nici nu știu dacă-l iubesc sau nu.

— Cum să nu-l iubești? El a umblat după femei, și tu i-ai născut copii. I-ai mai naște și-acuma, dac-ar veni.

Armenuș oftează.

I s-a tot spus din copilărie: Cea mai importantă în dragoste e jertfa. Tu ești armeancă, trebuie să le fii devotată tuturor celor pe care-i iubești – părinților, soțului, copiilor. Mai întâi ei, apoi tu. Ăsta-i tot rostul iubirii.

A fost atât de devotată, cât o țineau puterile: și-a respectat părinții, și-a iubit fără măsură copiii și nepoții, a avut grijă uitând de sine de soțul grav rănit – acesta s-a refăcut chinuitor de încet, cu greutate, avea coșmaruri. Adormea – și se trezea deodată scăldat în sudoare și lacrimi. Când s-a făcut bine, a plecat după muieri. Fugea de moarte, poate, sau poate îi era dor de viață. Când se întorcea după vreo aventură, se așeza în genunchi și-i cerea iertare, promitea să nu mai facă niciodată. Ea îl ierta și-i mai năștea un copil. El iar dispărea. Iar apoi a plecat de tot. Bani trimitea puțini, Armenuș nu-i risipea, îi păstra într-o cutie. Se descurca cu propriile forțe – cocea, cosea și scotea la vânzare, nu se dădea înapoi de la treburile grele ale casei: spăla covoare, puf și lână de oaie, vătuia plăpumi grele de țară, umplea perne, ajuta la strânsul recoltei și la pregătirile pentru iarnă. Se învârtea ca spița roții, dar, cum-necum, se descurca. Când fetele mai mari o întrebau de ce nu cheltuiește banii trimiși de tatăl lor, ridica din umeri. Lasă-i acolo – Dumnezeu vede.

...aș vrea să fie veșnic vară. Să fie furtuni neașteptate și torențiale, care să răpăie ca alicele pe burlane. Să fie fulgere, cum sunt numai în munți, cu cinci degete, mortale, fiecare înfigându-se în pământ ca lancea unui ajdaak[1] *ceresc. Să ieși pe verandă în plină furtună, fără să-ți fie frică de nimic, fulgerele*

1. Făptură mitologică, uriaș. (N. a.)

nu-i lovesc pe cei care nu se tem de ele, să pășești cu picioarele goale pe podeaua de scânduri udă – și să respiri: hșșș-șșș, hșșș-șșș...

Berdenii o socotesc pe Armenuș săracă cu duhul. Seamănă cu străbunicul ei, Anes, căruia, de urât ce era, i se zicea *pel* – prostuțul. Acesta refuza să ia banii dați cu împrumut. Vouă vă trebuie mai mult, zicea. Trăia modest, aproape la limita sărăciei. Era un om ciudat, omul lui Dumnezeu. Născocea povești – stranii, de pe alte tărâmuri. Despre fecioare oarbe ale mării care se hrănesc cu păcatele oamenilor și de aceea nu văd nicicând lumina zilei, despre pasărea Păcii, care de cinci mii de ani sălășluiește sus, în cer, și nu vine pe pământ, fiindcă nu poate să coboare decât acolo unde nu e război. Iar pe pământ e război peste tot.

Pel-Anesanț Armenuș chiar seamănă cu străbunicul ei, afirmă berdenii. A luat pe umeri lumea întreagă și o poartă: fetele, casa, gospodăria. Îi ia apărarea lui bărbatu-său ăla bun de nimic. Umblă vorba că el trăiește pe picior mare la oraș și trimite firimituri, ca să nu se spună că și-a lăsat familia. Alta l-ar fi dat în judecată pentru pensie alimentară, dar Armenuș îl iubește, îl așteaptă. Își dojenește fetele fiindcă refuză să comunice cu tatăl lor.

— Mândrie, trebuie să ai mândrie! o ceartă vecina Nunik, nemaiputând să rabde.

— Eu sunt un om fericit, ce-mi trebuie mândrie? se miră Armenuș.

— Cum adică fericit? se îneacă de indignare vecina.

Armenuș nu se ceartă cu ea.

— Ești încă frumoasă și încă tânără, abia ai treizeci și șase de ani. Cum îți vezi viața mai departe? continuă vecina însuflețită.

— Foarte bine mi-o văd: o să-mi cresc fetele și o să le mărit. Și-apoi o să am grijă de nepoți. Dacă dă Dumnezeu, o să fie mulți. Am în mine atâta iubire, că ajunge pentru toți.

Dușman cloncăne supărat, trăgând cu ochiul lui sașiu printr-o crăpătură a gardului – Armenuș s-a dus în vecini și pe el nu l-a luat. Te pomenești c-o supără careva!

— A-glu-glu-glu! se oțărăște el.

Fără să aștepte răspuns, o ia la fugă și se izbește de gard cu pieptu-i pleșuv.

— Mă duc până nu se omoară, râde vinovat Armenuș.

— Ai măcar vreun vis? nu se lasă Nunik.

Pel-Anesanț Armenuș își dă părul la o parte de pe frunte și zâmbește gânditoare.

— Un vis? Am. Aș vrea să nu se termine vara.

...aș vrea să fie veșnic vară. Să merg pe ulițe și să adun, ca pe niște flori de mușețel, zâmbetele oamenilor. În fiecare zâmbet e soare. Mănunchiuri de soare. Nimeni nu se zgârcește, toți le dăruiesc. Eu nu plâng, le adun. Nu mi-e greu, pot!

Rugăciunea

Sunt deja mulți ani de când Safaranț Nunik n-a părăsit hotarele curții sale. Din ziua când, întorcându-se de la înmormântarea fratelui ei, a găsit pe locul casei de piatră cu etaj și al livezii roditoare bine îngrijite un crater care se căsca, n-a mai pus piciorul dincolo de poartă. Casa părea imposibil de renovat, ar fi fost ca și cum ai fi adunat la loc o pâine de mălai fărâmițată, se gândea fără emoție Nunik, trecându-și mâinile peste bucățile de piatră carbonizată. Putere să plângă nu mai avea – își plânsese toate lacrimile la înmormântare. Fratele ei avea patruzeci și doi de ani, era tânăr, voinic, frumos, dar nechibzuit și încăpățânat, ca, de altfel, toți bărbații din neamul Safaranț. Lucra ca șofer la autogară, ducea oamenii din Berdul răvășit de război în lumea largă. Când s-a prăpădit autobuzul cu pasageri în trecătoare, Nunik numai că nu i s-a aruncat la picioare implorându-l să renunțe la slujbă. El a ridicat din umeri: Și pe oameni cine-o să-i ducă?

— Altcineva... s-a enervat Nunik. Tu ai familie, copii...

— Și ce, alții n-au familie și copii? s-a stropșit la ea frate-său. Și a adăugat, cuprins de iritare: Măcar tu nu mă pisa. Că destul mi-a făcut nevastă-mea zile fripte.

— Păi te iubim! Ne facem griji pentru tine! a izbucnit Nunik în plâns, făcând o clipă front comun cu cumnată-sa, pe care nu putea s-o suporte fiindcă era îngustă la minte și vorbea fără rost.

Atunci, fratele ei a râs și a sărutat-o pe tâmplă, dar a rugat-o să nu mai vină cu asemenea rugăminți la el. Nunik n-a răspuns, dar nici n-a mai îndrăznit să deschidă iar discuția pe tema asta. S-a rugat pentru frate-său cum a putut – Astvaț[1]-*djan*, apără-l și scapă-l cum știi tu, numai pe el îl am, e singura mea rudă. Astvaț asculta în tăcere, nu-ți

1. Dumnezeu (arm.). (N. a.)

puteai da seama dacă aude sau nu. Dar Nunik nu dispera, mergea la capelă și aprindea lumânări: pentru sănătate, pentru viață lungă. Cea mai mare lumânare o aprindea sub icoana Maicii Domnului – Mariam-Astvațațin, măcar tu nu-mi lăsa ruga neauzită! Deseori făcea *matah*[1], urmărind cu strictețe ca ritualul să nu aibă loc joi și vineri sau într-o zi de post. Avea grijă de cocoși ca de lumina ochilor și nu-i sacrifica toamna. Cum fac oamenii de obicei? Lasă în coteț cocoșul cel mai puternic și mai bătăios, iar pe ceilalți îi taie pentru mâncare – oricum de altceva nu-s buni: ouă nu fac, pui nu clocesc, doar consumă grăunțe de pomană și cântă fără nici un rost. Nunik însă păstra cocoșii pentru jertfe, că pentru *matah* sunt acceptați numai masculii. Regulile ritualului cereau ca jertfa să fie adusă de un bărbat, de aceea ea se învoise cu Binoianț Grigor, care după întoarcerea din Nord nu refuza pe nimeni și se străduia să-i ajute pe toți. Grigor nu numai că tăia cocoșul, dar, în ciuda protestelor lui Nunik, îl și curăța: îl opărea în apă clocotită, îl jumulea cu sârg, temeinic, atent să nu-i vatăme pielea. După ce-l spăla cu grijă, trecea la eviscerat:

1. Jertfe. (N. a.)

făcea o tăietură pe sub piept, scotea cu grijă măruntaiele, străduindu-se să nu rupă vezica biliară, curăța pipota de rămășițele de hrană. Făcea toate acestea în tăcere; dacă Nunik îl întreba ceva, îi răspundea monosilabic, cel mai adesea se mărginea la a da din cap, afirmativ sau negativ. Pe Nunik n-o deranja tăcerea lui – după ce îi mai rămânea un pic în preajmă, se ducea să facă o cafea. Se întorcea cu ceșcuța aburindă și cu o bucățică de prăjitură. Grigor bea cafeaua, dar de dulce nu se atingea.

Nunik fierbea pasărea în apă cu sare sfințită, o tăia în bucăți și, punând-o pe o tavă și acoperind-o cu un șervet de in, o împărțea la șapte case. Capul și picioarele cocoșului, după ce le lega strâns-strâns cu o panglică roșie de mătase și cu iarbă uscată, le atârna pe o ramură a copacului de jertfă – ca să abată uitătura forțelor necurate. Apoi se adresa cerului: „Astvaț-*djan*, îmi ești martor că am făcut tot ce se cerea de la mine. Las restul în seama îndurării tale".

Fratele ei a murit în plină arșiță a verii. Lovit de un obuz, autobuzul s-a prăbușit în prăpastie, luând cu el optsprezece vieți. S-a salvat numai Levon, fiul cel mic al lui Zarghinanț Atanes. Explozia l-a aruncat din autobuzul în flăcări pe marginea drumului.

Vestea despre moartea fratelui ei a prins-o pe Nunik la lucru – tocmai se pregătea să coacă o pâine. Mai târziu i s-a povestit că, auzind ce se întâmplase, a frământat în tăcere aluatul, l-a acoperit cu un șervet de in, să nu se usuce, s-a spălat pe mâini, s-a șters bine cu prosopul – și și-a pierdut cunoștința. Ea nu-și amintea nimic din toate astea. S-a trezit bolnavă, cu ochii injectați și mâinile tremurând. Starea de sănătate i s-a îmbunătățit cu timpul, dar tremuratul mâinilor a rămas. De obicei era imperceptibil, dar, dacă Nunik se enerva, palmele îi erau cuprinse de asemenea spasme, că trebuia să se cuprindă cu brațele ca să le potolească. La înmormântarea fratelui ei s-a dus cu o durere de cap cruntă – apoi a căzut la pat chinuită de migrenă. În timpul ceremoniei funerare au fost câteva împușcături, au explodat câteva obuze, dar nimeni nu s-a întors nici măcar să se uite unde nimeriseră. Întorcându-se de la cimitir, Nunik a găsit în locul casei sale niște ruine. „Fratele tău te-a salvat de la moarte“, i-a spus atunci un vecin, „dacă nu te-ai fi dus la înmormântare...“ „Mai bine nu m-aș fi dus“, i-a tăiat-o Nunik.

Din ziua aceea n-a mai părăsit hotarele curții sale – a hotărât că moartea o să vină s-o ia anume de aici. „Am păcălit-o o dată, a doua oară n-o mai fac!“ i-a comunicat ea cumnată-sii. Acesteia i-au dat lacrimile, dar și le-a șters numaidecât – nu voia s-o supere pe Nunik. Acum venea des pe la ea – chipurile, în vizită, îi trimitea și pe copii, dar Nunik știa că face asta de frică – se temea că o să facă un gest ireparabil. Dădea din umeri mirată – dacă ar fi vrut, de mult ar fi făcut-o.

Să construiască o casă mică – două camere cu totul – a ajutat-o Binoianț Grigor, cu lucrurile au ajutat-o vecinii. Armenuș trecea o dată pe săptămână după lista de alimente de care avea nevoie. Zile în șir Nunik cosea și croșeta – avea mereu multe comenzi, fie din Hanlarul[1] natal, fie din Berd, unde ea și fratele ei se mutaseră în timpul războiului. Mama lor refuzase să plece – rămăsese să-și păzească proprietatea și casa: cândva, războiul o să se potolească și o să vă întoarceți. La insistențele lor de a pleca și ea, replica: „Eu sunt asiriană, n-o să se atingă de mine“. „Mamă, vezi doar ce se petrece în jur“, plângea Nunik. „Sunt bătrână, cine-o să ridice mâna asupra mea?“ nu se lăsa maică-sa.

1. Oraș în RSS Azeră, fostul Helenendorf întemeiat de germani, redenumit Hanlar în onoarea revoluționarului azer Hanlar Safaraliev. (N. a.)

Ei bine, cineva a ridicat mâna. A fost îndesată ca o păpușă de cârpe într-un cauciuc de camion și arsă de vie.

Nunik își desena deseori în minte lumea în care locuiau acum fratele și mama ei. Acolo curge râul Ghiandjaceai, acolo, în pivnițe de piatră fermentează vinul demidulce, iar pe rafturile pivnițelor se coc translucide fructe de kaki – ultimul dar al soarelui la apus –, acolo răsună reținut clopotul de la *Kirche*[1] – în Al Doilea Război Mondial nemții au fost mutați în Kazahstan, dar biserica nu s-au obosit s-o dărâme, așa că se înalță tăcută, cu obloanele și ușile placate. Singurul drum care ducea spre lumea aceea blajină era îngropat în tufe de mur, iar platanii puternici, gârboviți de vânturile ce suflau întruna, își împleteau crengile deasupra lui, transformându-l într-o alee răcoroasă.

Nunik știa că într-o zi o să ajungă și ea acolo. Aștepta venirea morții cu răbdare, cu demnitate. Nu zorea timpul, dar nici nu se agăța de viață. Câteodată, petrecând cu privirea vreun șoim rar care aluneca pe cer, încremenea o clipă, uitându-se undeva în sus, parcă așteptând un semn, dar apoi își pleca ochii, oftând. Către Dumnezeu nu mai îndrepta nici o rugă.

---

1. Biserică (germ.). (N. tr.)

Întoarcerea

Binoianţ Grigor se întorcea acasă.

Huruindu-şi motorul cu râvnă, rata lua curbă după curbă pe serpentină. La oglinda retrovizoare se legăna o cruce de lemn cu braţele late – Grigor s-a întors, ca şoferul să nu-i observe zâmbetul – când trăia în străinătate, după astfel de cruci tipice deosebea maşinile celor din ţinutul lor. Lui Onik tare-i mai plăcea să-i ia peste picior cu privire la asta.

— Dacă ar putea, ar aduce şi munţii, repeta el adesea. Pare că, plecând, iau cu ei tot: de la priveliştea de la fereastră cu care sunt obişnuiţi până la pietrele de mormânt ale strămoşilor. Te urci într-o mașină din astea și ți se pare că dacă te întorci o să vezi Araratul pe scaunul din spate.

Grigor îl asculta în tăcere, fără să se supere. Onik era obișnuit cu tăcerea lui, așa că singur întreba, singur răspundea.

— Te-ai gândit vreodată ce popor ciudat suntem? Un popor-melc.

Și, văzând privirea uimită a prietenului său, explica grăbit: În sensul bun al cuvântului – purtăm cu noi tot ce avem.

Binoianț Grigor se întorcea acasă. Drumul era lung, aproape nesfârșit. În dreapta se întindea pădurea stingheră și neliniștită – era începutul lui noiembrie, curând avea să vină iarna. În stânga se înălța panta abruptă a Stâncii Fecioarei, marcată de cicatricile albicioase ale torenților repezi și aducători de moarte care în fiecare primăvară de la Dumnezeu se rostogoleau cu un zgomot monstruos în prăpastia fără fund a lui Huzani-kar. Cu doisprezece ani în urmă tocmai un astfel de torent le salvase viața. Era război, una din lungile zile de luptă, cartușe aproape că nu le mai rămăseseră, ajutor nu aveau de unde aștepta și nici să se retragă nu aveau unde, în spate era Berdul natal. Nici să ne-mpușcăm nu putem, pe cine să dăm vina? zâmbea strâmb Onik. Și atunci s-a pornit un torent – a tăiat cu un val mortal de gheață, ca un brici, bucata de stâncă unde veneau bombele, și, trecând literalmente la jumătate de metru de ei, a prăvălit-o în prăpastie. S-au botezat chiar în aceeași zi. Ter[1] Vartan s-a descurcat fără ceremonie – a mormăit în grabă o rugăciune și a desenat o cruce pe fruntea fiecăruia. Ieșind cu ei să fumeze, nu s-a mai putut abține și a pufnit: „Nu puteați să veniți la vreme de pace?" „Zi mersi c-am venit totuși!" i-a retezat-o Onik. Ter Vartan a dat din mână a lehamite – nu v-am altoit destul la școală. „Așa e!" s-a învoit Grigor.

După o săptămână, ter Vartan nu mai era – l-a ucis un obuz în curtea capelei. Au fost trei prieteni, au rămas doi.

Binoianț Grigor se întorcea acasă. În oraș au venit să-l întâmpine oamenii cei mai apropiați – soția, părinții, văduva lui ter Vartan, soția lui Onik, Manana, cu fiul lor.

La aeroport tatălui său îi crescuse tensiunea – se enervase când fusese anunțată întârzierea cursei. Mama plânsese tot drumul, s-a liniștit abia

1. Părintele (arm.). (N. tr.)

când și-a văzut fiul. L-a îmbrățișat, strângându-l la piept.

— Nu te mai las să pleci nicăieri!

— Nici nu plec, i-a răspuns simplu Grigor.

Manana a întrebat doar din buze: Unde-i? El i-a înmânat nu ei, ci fiului ei urna grea. Acestuia i-a zvâcnit obrazul, dar n-a plâns.

Când s-au urcat în mașină și-au dat seama că Grigor nu are loc.

— Cum așa? Parcă încăpea toată lumea! s-a mirat taică-su.

— Da' pe mine m-ați socotit? a întrebat Grigor.

Tatăl a încremenit cu gura căscată.

— Merg eu cu autobuzul, acuși vine rata, a zis fiul lui Onik.

— Merg eu, a anunțat Grigor pe un ton ce nu lăsa loc la proteste și a adăugat, coborând vocea: Tu mai bine rămâi cu maică-ta.

Au mers în șir: în frunte autobuzul-rată, iar după el, mașina tatei. Lângă acesta, ținând urna la piept, stătea Manana, ștergându-și ochii cu vârfurile degetelor. Când autobuzul cotea la dreapta, Grigor îi vedea fața plânsă în oglinda retrovizoare.

Munceau în trei schimburi, greu și fără speranță. Uneori visau, naiv, copilărește, cum în sfârșit o să se îmbogățească, o să se întoarcă acasă și o să-și deschidă o prăvălie de conserve. Aveau să lucreze numai cu produse locale, gustoase: dulceață de nuci și de coarne, compoturi de porumbe și pere sălbatice, legume coapte la foc, *kavurma*[1] adevărată, în cel mai curat unt de munte...

— Eu o să fiu director, tu, adjunct, stabilea Onik și, fără să aștepte răspuns, explica: un director tăcut e moartea întreprinderii.

— Adică unul guraliv e salvarea? se stropșea Grigor.

— Guralivul e chezășia succesului!

Când Grigor voia să-și tachineze prietenul, chiar așa îi zicea: Chezășia Succesului. Onik nu se supăra. Odată, a plecat după marfă și nu s-a mai întors. Abia spre dimineață a sosit vestea despre avarie și despre mașina arsă complet.

Onik spunea mereu că o să trăiască o sută de ani și o zi. „O să-mi aștept primul stră-strănepot, apoi cum o vrea soarta." Soarta a vrut așa: au fost trei prieteni, a rămas unu.

Stânca Fecioarei fusese lăsată de mult în urmă, curând avea să se arate lacul de acumulare, iar

1. Carne înăbușită, pusă în unt topit și păstrată în pivnița rece. (N. a.)

după el, Berdul cu chiparoșii lui seculari, sprijinind cerul cu coroanele lor.

Binoianț Grigor aducea înapoi tot ce luase cu el în străinătatea îndepărtată – priveliștea de la fereastră cu care era obișnuit, pietrele de mormânt ale strămoșilor, Araratul – cel Mare și cel Mic. Visurile lui neîmplinite, insuportabila povară a ființei.

Binoianț Grigor se întorcea acasă.

Un toast

La Nugzar nu te poți uita fără un zâmbet: roșcat ca focul, cu ochi verzi uriași și nas coroiat spart, atârnându-i deznădăjduit deasupra buzei de sus. Ca să-și acopere chelia, își piaptănă părul peste țeastă, de la o ureche la cealaltă. Dacă nu bate vântul din direcția potrivită, șuvița lipită cu grijă flutură ca un evantai. Când Nugzar își dă seama, o netezește grăbit cu palma desfăcută. E atât de roșie, încât pare că acuși începe să fumege.

Nugzar are atâția pistrui, că nu pot fi numărați. Fiecare e de mărimea unei semințe de floarea-soarelui din sud. Vara, când soarele le face oamenilor pistrui, Nugzar se transformă într-un câmp de floarea-soarelui. Se arde hotărât și irevocabil – e roșu, caraghios, cu păr roșcat peste tot. Fratele lui, când voia să facă o glumă despre cât e de păros, spunea că dacă-l bărbierești pe Nugzar poți să împletești un pulover întreg.

— Dacă n-aș fi chelit, ar fi ieșit și două pulovere, adăuga Nugzar de la el.

În zilele libere se duce la biserică. Ajută la treburile gospodărești: bate câte-un cui, face reparații, duce gunoiul. La început, bătrânele clătinau din cap și stăruiau să-i explice că nu-și face cruce corect: trebuie nu de la dreapta la stânga, ci de la stânga la dreapta. După ce și-au dat seama că e ortodox, au urmărit sârguincios să nu se încurce: toată lumea se crucește de la stânga la dreapta, nu cumva să fie distras și să se ia după alții. Dumnezeul gruzin, pasămite, ar putea să se supere, cine știe ce-i în capetele dumnezeilor ăstora? Nugzar își îngropa fața în palmele pistruiate și râdea atât de tare, că i se scutura tot trupul.

— *Vaime*, ce oameni mai sunteți și voi!

— Păi ce credeai? plescăiau trufaș bătrânele.

Nugzar locuiește la sora lui, Manana – nora mai mică a lui Kazinanț. Manana are doi fii și un socru orb, Oganes. Câteodată Nugzar îl duce la plimbare. Când vede vreo cunoștință, îl avertizează: uite, trece Avakanț Mișik.

— Să trăiești, Mișik-*djan*, salută Oganes.

— Bună ziua, Oganes-*api*.

Mișik îi strânge mâna mai întâi bătrânului, apoi lui Nugzar. În ordinea vârstei. După ce schimbă vorbele cuvenite, se despart, strângându-și din nou mâinile.

Nugzar îl conduce pe Oganes ținându-l de cot și îi povestește ultimele noutăți din Berd: „Lui Anhatanț Varuj i s-a născut al treilea copil". „Băiat?" întreabă atent Oganes. „Dimpotrivă", replică diplomatic Nugzar. „Sigur l-a deocheat cineva. A treia fată – asta deja nu mai e glumă. Trebuie făcut ceva!" „Ce să facă?" „Cum ce? Să alunge deochiul!"

– *Vaime*! suspină Nugzar.

Lumea e mare, Berdul e mic cât un vârf de ac. Și totuși, uneori ajung și acolo oameni din lumea mare. Iată, nu demult au venit niște francezi și norvegieni. Manana predă la școală engleza, și de aceea toți străinii sunt conduși la ea. Nugzar aprinde un foc în curte. Până se prăjește șașlîkul, își ajută sora să pună masa, aduce din pivniță rachiul rece ca gheața. Oaspeții se îmbată repede – de la băutură și mâncare. Fac glume, râd. Socrul

Mananei, care stă în capul mesei, se ridică în toiul veseliei și cere liniște.

— *Batono*[1] Oganes, lăsați! îl roagă Nugzar.

Oganes îl întrerupe cu un gest și se întoarce spre Manana (ghicește întotdeauna fără greș unde-i noră-sa):

— Tradu.

Manana se ridică și vine în stânga lui. Oaspeții tac. Nugzar iese din cameră, închizând bine ușa după el. Oganes ridică păhărutul și vorbește încet, cu demnitate, privind înainte cu ochii lipsiți de vedere:

— Vreau să propun un toast pentru Nugzar, fratele nurorii mele Manana. Nu l-am văzut de cinci ani – de vreme ce am orbit, nu l-am văzut. Nădăjduiesc că nu s-a schimbat prea mult. S-a schimbat mult, Manana?

— Deloc, răspunde Manana. E tot așa roșcat și cu pistrui.

— Seamănă oarecum cu actorul Depardieu, glumește unul dintre oaspeți.

— Poate că seamănă, se învoiește Oganes. Sau poate că nu. Așa a fost să fie, că Manana și cu mine am rămas orfani. Eu mi-am pierdut fiul, ea, soțul, nepoții mei, tatăl. Acum are grijă de noi

1. Formă de adresare respectuoasă în gruzină. (N. tr.)

Nugzar. E cel mai liniștit om din câți cunosc. Cu toate că viața lui n-a fost deloc liniștită.

Oganes mută păhăruțul dintr-o mână în cealaltă și își ia nora pe după umeri. Manana lasă capul în jos.

Tăcuți, oaspeții așteaptă. În cameră planează o liniște apăsătoare. Oganes încearcă să continue, dar vorbele i se împotmolesc în gât. Tușește, apoi încearcă din nou. Și nu izbutește să rostească nici un cuvânt. Zâmbind amar, în cele din urmă renunță.

— Pentru Nugzar al nostru!

Și, după ce golește păhăruțul dintr-o înghițitură, iese încet din încăpere.

Oaspeții se uită mirați unii la alții: ce bătrân ciudat, a vrut să povestească ceva, dar s-a răzgândit. Luându-se cu vorba, uită de el rapid. Manana schimbă farfuriile – curând trebuie să aducă *hașlama*[1].

Kazinanț Oganes merge pe coridor, ținându-se de perete. Treizeci de pași înainte, atinge ușa, o ia la stânga – încă zece pași, apoi înainte. Iese pe verandă și se duce în colțul cel mai îndepărtat. Ia o țigară de la Nugzar și trage din ea.

---

1. Fel de mâncare din carne înăbușită, ceapă, roșii și ardei gras. (N. a.)

Pe gard, cercetând lumea când cu un ochi galben, când cu celălalt, stă un cocoș. Nemulțumit de cele văzute, scoate un cucurigu oțărât.

— Știi cum cântă în limba noastră? întreabă Oganes și răspunde imediat: „Țuh-ru-hu."

— La noi cântă „kikliko".

— La voi, la gruzini, nimic nu-i ca la ceilalți oameni.

— Adică la armeni totul e ca la ceilalți oameni, da? Mai întâi gândește și pe urmă vorbește! îi replică Nugzar cu un citat din filmul preferat.

Râd amândoi, apoi amuțesc. Tac îndelung, cufundați în amintiri. Despre cum în satul lui Nugzar a fost război. Cum oamenii, părăsindu-l, au deschis grajdurile și cuștile iepurilor ca animalele să nu moară de foame. Cum au lăsat ușile caselor date de perete, ca noii stăpâni nepoftiți să nu le spargă. Intrați, trăiți, numai nu stricați.

Cum Nugzar a mers trei zile spre graniță prin pădurea sumbră și deasă, fiindcă pe drum fugarii erau prinși și omorâți. Cum a târât după el cadavrul fratelui său – n-a vrut să-l lase în urmă. Fratelui său i se ordonase să arunce bocceaua pe care o luase din casa părintească atunci când o părăsise pentru totdeauna – arunc-o, îi ordonaseră și-l împunseseră cu patul puștii în coaste. El refuzase, și îl împușcaseră. Iar când a căzut, bocceaua s-a desfăcut și s-au împrăștiat în evantai fotografiile de familie: bunicile și bunicii gruzini, salcâmii din grădina botanică, țărmul dogoritor al mării. Nugzar și-a luat fratele pe umeri și l-a purtat trei zile – prin pădure, prin câmp, prin vad. Ca să-l înmormânteze undeva unde să poată apoi să se ducă și să-l pomenească. A ajuns la sora lui cu șosetele desperecheate și cu un buchet de flori de mușețel culese de pe câmp – era învățat să nu meargă în vizită cu mâinile goale, iar ultimii bani se duseseră pe drum.

Oganes încearcă de fiecare dată să povestească toate astea oaspeților săi – și nu poate.

Nugzar predă educația fizică la școală. Copiii îi spun pe la spate *ardj* – ursul. Și chiar seamănă cu un urs: mare, neîndemânatic, cu picioarele crăcănate. Respiră așa cum sforăie oamenii normali. Elevii îl iubesc, dar chiulesc deseori de la ore. Nugzar nu-i ceartă niciodată – cum să-i certe, sunt încă mici, cu creiere fragede, maleabile. Poți să-i înveți ce vrei – dacă-i înveți de bine, o să fie buni, dacă-i înveți de rău, o să fie răi.

De patru ori pe an el și Manana se duc la granița de nord cu Gruzia, chiar lângă râu. De partea asta e pământul lor. De cealaltă, a fost al lor, dar acum e al altora.

La mormântul fratelui său cresc iriși de munte – palid-movulii, parcă făcuți din aer.

Salut, *dzamiko*[1], uite-ne și pe noi. Uite-ne și pe noi.

1. Frățioare (gruz.). (N. a.)

Hacikarul

Vreme de multe veacuri hacikarul[1] Berdului a intrat în pământ până la mijloc, s-a înclinat și s-a acoperit cu un mușchi ruginiu. Nimeni nu știe și nu poate ghici nici pe departe câți ani are. Nici nu i-au bănuit existența până când, cu două veacuri în urmă, n-a avut loc un cutremur puternic, care a prăbușit o parte din zidul cetății medievale și aripa lui Hali-kar care, acoperind albia râului, i-a adunat apele într-un lac curat și puțin adânc. Atunci au descoperit hacikarul – se înălța singuratic între

1. Tip de monument arhitectonic armenesc, cu o cruce bătută în piatră (*haci* înseamnă „cruce", iar *kar*, „piatră"). (N. tr.)

două stânci, nevătămat și intangibil, apărat din toate părțile de vânturi și săgeți inamice, crucea de pe el era simplă și fără înflorituri, gravată la întâmplare de mâna nepricepută a cuiva care nici n-a înțeles vreodată mesajul pe care-l lăsa posterității. Berdenii se adună rar la hacikar – e mult de mers și n-are rost, e mai bine să se întâlnească la capelă – e și mai aproape, ai și unde să te adăpostești de vreme rea. Dar Avakanț Mișik se duce la hacikar în fiecare săptămână. Ajunge acolo după ora amiezii, încredințându-i băcănia lui Masis, ucenicul de croitor în vârstă de treisprezece ani. Masis, deși e un tânăr ager la minte, nu prea știe să se tocmească, așa că Mișik se străduiește să viziteze hacikarul marțea – nu se știe de ce, în această zi anume, la prăvălie e cel mai puțin aglomerat. Înainte de a ieși, macină o cafea bună și o pune într-o pungă de hârtie. Alege cu grijă fructe uscate: stafide, smochine, prune. Ia un pumn de bomboane de ciocolată – neapărat cu umpluturi diferite. După ce pune totul într-o sacoșă, îi urează lui Masis o zi bună.

— Nu vă faceți griji, mă descurc, îl liniștește acesta la despărțire.

— Dacă aș crede că nu te descurci, n-aș lăsa prăvălia pe mâna ta! îi răspunde Mișik.

Până la hacikar e de mers aproape o oră. Avakanț Mișik străbate acest drum în mult mai mult timp. Pășește încet, măsurat, privește Berdul cu o curiozitate plină de bucurie, remarcând și cele mai mărunte schimbări în înfățișarea acestuia: ici s-a rupt o crenguță de prun și atârnă, înțepând marginea gardului cu degetele-i fără viață, colo e larmă de rațe – nu reușesc să-și împartă ceva, se ceartă, uite, măcăne. Să le gonească, ori nu? Bine, las' să se lămurească ele singure.

Mișik salută cu râvnă fiecare trecător, îl întreabă amănunțit despre sănătate, se interesează de ultimele noutăți, le povestește pe ale lui.

— *Batono* Nugzar, a fost la televizor o emisiune medicală. Cică s-a inventat o nouă operație de ochi, una complicată, dar cu rost. Poate-l ajută și pe Oganes.

— Ce-mi trebuie mie operație complicată, ce-o să văd în lumea asta ce n-am mai văzut? întreabă Oganes vioi, fără a-i lăsa timp lui Nugzar să deschidă gura.

— Văd că azi ești într-o dispoziție grozavă, Oganes-*keri*[1]! preia pasa Mișik.

— Și tu ești mai perspicace ca oricând! nu-i rămâne dator Oganes.

1. Nene (arm.). (N. a.)

— Spune-mi cu cine te însoțești...

— Ah, pui de lele!

— *Vaime*, ce oameni mai sunteți și voi! le întrerupe Nugzar seria de glume.

— Nu ne mai săturăm!

Se despart, mulțumiți unul de altul până peste poate.

Pe marginea trotuarului, lovind pietricelele cu vârfurile pantofilor și îngânând o melodie, trece nepoțica lui Didevananț Ambo.

— Te întorci de la treabă, Epime-*djan*? se interesează Mișik în loc de salut.

— Îmhm, încuviințează Epime.

— Ia uite ce fluture frumos stă pe umărul tău. Ai grijă, că zboară și te ia și pe tine cu el!

Epime râde, acoperindu-și gura cu palma. Mișik o mângâie pe părul lucios.

— Ce face bunicul, e mai bine? Merge deja?

— Îmhm.

— Eh, Epime-*djan*. Ești deja mare, dar gângurești ca un prunc.

Spre hacikar duce o potecă îngustă și întreruptă, ca linia vieții din palmă. De ambele părți se înalță ca niște străjeri de piatră dealuri de neurcat, privind aspru și neînduplecat cu orbitele întunecate ale grotelor, lăsând să treacă numai pe cel venit cu gânduri de pace. În pieptul celei mai mari stânci se cască o gaură imensă, în formă de inimă – acolo e Peștera Uriașilor, refugiul celor care-au trăit în vremuri de demult. Când era mic, Mișik venea adeseori aici, se cățăra pe treptele de piatră puternic rotunjite, tocite de parcă anume pe ele pășiseră veacuri de-a rândul primii oameni, lăsându-și urmele tălpilor uriașe. În peșteră mirosea a fum amărui de tutun și a ceai proaspăt de cimbru. Mișik dădea roată prin toate cotloanele în căutarea sursei mirosului, dar până la urmă s-a obișnuit și a încetat. Stătea îndelung la intrarea în peșteră, cu picioarele atârnate în prăpastie, ținându-și respirația. „Dacă stai așa preț de trei sute de bătăi de inimă și nu clipești și nu te miști deloc, sigur se întorc uriașii", îl încredința străbunica Nubar. El aduna cât mai mult aer în plămâni, își punea pălmuța pe piept, număra, mișcându-și tăcut buzele, expira încet, străduindu-se să nu clipească și să nu se miște... Dând greș, era încercat de mustrări de conștiință – n-am reușit, n-am putut. I se părea că undeva, dincolo de linia orizontului, stau umăr la umăr uriașii tăcuți, uitați de toată lumea, și fumează *cibuhi*[1] lungi așteptând

1. Pipe. (N. a.)

ceasul când unul dintre copii o să stea în pragul peşterii cuvenitele trei sute de bătăi de inimă. Credea că le vede dincolo de linia îndepărtată a munților vârfurile *kolozurilor*[1] străpungând norii. Fumul de la pipele lor sculptate din lemn de păr se aduna în nori pufoşi, care apoi se scuturau de ploaie îndelung, transformând câmpurile de grâu într-o mlaștină de netrecut. În bărbile lor de uriași se încâlcea vântul de nord și, îndată ce se apucau să și le pieptene, el era eliberat, și atunci se pornea iarna lungă și rece. Așa-i povestea străbunica Nubar înainte de culcare.

— Ce-mi mai plăceau poveștile ei! oftează Mișik, trecând pe la poalele Stâncii Uriașilor.

Ultima dată trecuse prin peșteră cu mulți ani în urmă, când îi adusese acolo pe fiul și fiica lui. Satenik avea pe atunci opt ani, iar Mamikon, șase. Mișik i-a condus în peșteră, le-a arătat toate cotloanele ascunse și le-a spus poveștile cu uriași ale bunicii Nubar. Copiii l-au ascultat vrăjiți, Satenik parcă încetase și să mai respire, se uita cu ochi mari și doar zâmbea timid. Mamikon își trăgea nasul și ofta. Apoi, deodată, a cerut:

— Vreau ceai!

---

1. Căciuli țărănești de pâslă. (N. a.)

— De unde să-ți iau eu ceai în peșteră? s-a mirat Mișik.

Băiatul s-a posomorât.

— Miroase a ceai dulce.

Mișik n-a mărturisit că și lui i se pare că simte miros de ceai. S-a rușinat prostește – ce-o să creadă copiii despre el? Apoi s-a dojenit de multe ori pentru nehotărârea asta stupidă – pesemne băiatului i-ar fi plăcut să afle că nu i se pare numai lui că în peșteră miroase a ceai dulce de cimbru.

În ziua aceea au stat până seara, cu picioarele atârnate în prăpastie, privind vârfurile kolozurilor de uriași dincolo de muchia înzăpezită a trecătorii.

— Vedeți? întreba Mișik.

— Vedem, răspundeau copiii convinși, și el nu se îndoia câtuși de puțin că așa e.

Ajungând la vechiul hacikar, Avakanț Mișik mai întâi îl salută: *Barev*[1], hacikar-*djan*, ce mai faci tu aici, departe de noi? Desface prinosurile și le lasă la rădăcinile bătrânului stejar care crește nu departe, explicând amănunțit de fiecare dată: „Cafea pentru Marina, că fără ea nu poate, fructe uscate tot pentru ea. Iar bomboanele" – se împotmolește în cuvintele care-i ard dureros cerul gurii,

---

1. Salut armenesc. (N. tr.)

dar apoi, liniştindu-se un pic, continuă: „bomboanele sunt pentru Mamikon". Își scoate jacheta și o așterne în stânga hacikarului – cât mai aproape de inima pietrei. Șade îndelung, sprijinindu-se de umărul lui răcoros. Îi împărtășește ultimele noutăți. Satenik o să aibă curând examene, învață să se facă doctoriță. E greu, dar îi place. Și-a găsit un logodnic, băiat bun, deștept, e drept, din satul Movses. Chiar la graniță, se trage în fiecare zi, dar ce să-i faci, unde nu se trage acum?

După ce-i povestește toate noutățile, Mişik rămâne tăcut. Se străduiește să nu tulbure pacea serii cu gânduri triste, dar se întoarce invariabil la ziua când soția și fiul lui n-au mai fost. Își amintește cum Mamikon se juca în curte când a început bombardamentul. Cum Marina a țâșnit să-l ducă în pivniță. Cum apoi în curte a nimerit o bombă. Cum i-au îngropat în același mormânt – au făcut o grămăjoară din tot ce-au putut aduna. Cum Satenik n-a mai dormit după aceea zile în șir, și odată s-a îmbrăcat cu hainele cele mai bune ale mamei: rochia ușoară din șifon, sandalele de piele elegante, cu toc înalt, bijuteriile de aur – și a ieșit în Berd. A mers ca pe sârmă, cu mâinile întinse în lături – altfel nu s-ar fi putut ține pe tocuri. Mergea – și zâmbea.

Mișik se pregătește să plece acasă când cerul se acoperă de albastrul rece al nopții. Pleacă, înclinându-se în fața hacikarului și a bătrânului stejar.

— Vă mulțumesc că mi-ați lăsat măcar fiica, altfel ce rost ar avea să trăiesc? își arată el recunoștința de fiecare dată trecând pe la poalele Stâncii Uriașilor, fără să se gândească cui anume i se adresează. Cerul care devine rapid tot mai dens își închide palmele răcoroase deasupra trecătorii, scapără stele, fiecare – inima frântă a cuiva.

Străbunica Nubar povestea că în inimile frânte ale oamenilor e atâta iubire nedăruită, încât mai târziu, când vine vremea, Dumnezeu le ridică la cer, și ele împrăștie cu strălucirea lor tulburea pâclă de culoarea cernelii. Satenik repetă deseori că într-o zi inima tatălui ei o să lumineze și ea lumea. E atâta iubire în tine, tăticule, atâta iubire nedăruită în inima ta frântă! Ca răspuns, el ridică din umeri și tușește stingherit – ce spui, fetițo? Ce știu, aia spun, stăruie Satenik.

Până ajunge Avakanț Mișik la poalele Stâncii Uriașilor, omniprezentele coțofene apucă să împrăștie pe la cuiburi ofrandele lăsate pentru ele. Pe marginea rece a hacikarului, lăsând o urmă umedă, se cațără un vrej de viță-de-vie, purtând lumea-ntreagă în spinare. Bătrânul stejar își scutură primele frunze înroșite de toamnă – noaptea deja e frig, octombrie e la o aruncătură de băț. În pragul peșterii, atârnându-și în prăpastie picioarele încălțate în *trehi*[1] și dându-și pe ceafă kolozurile cu vârf ascuțit, stau nevăzuți *adjaaki*. Pufăie din pipele lungi, ceaiul dulce de cimbru se răcește, dar nu se ating de el. Îl petrec pe Avakanț Mișik cu ochi triști și își șterg lacrimile imense de uriași.

1. Încălțări țărănești din piele. (N. a.)

Furtuna

Bunica Siran afirmă că înlăuntrul lui Epime arde un bec electric. De aceea luminează mereu cu zâmbetul ei, chiar și atunci când doarme.

Pe bunica Siran nu-i chip s-o contrazici, o cunoaște pe nepoata ei mai bine ca oricine. Pentru Epime orice eveniment e prilej de bucurie: dacă a plouat – fericire, dacă a fost îngheț în mai – foarte bine, și vremea-i om, și ea poate avea dispoziții schimbătoare. Și vremea-i om, zâmbește Epime și privește așa cum numai ea știe: deschis, cu toată inima, cu tot sufletul.

Bolnavii o iubesc foarte tare. Tot timpul se aude pe coridorul secției de chirurgie: Epime-*djan*, unde ești? Treci pe la noi, să-ți spunem ceva.

Ea lasă mopul deoparte și își strânge șuvițele de păr sub baticul alb ca neaua. Își clătește mâinile și își trage marginile halatului. Aruncă o privire în salon și acesta e luminat într-o clipă de surâsul ei.

— Pentru tine, Epime-*djan*, îi întind bolnavii câte-un dar.

Epime ia câte ceva de la fiecare: o plăcintă, un măr, o mandarină. Iese, strângând cu grijă cadourile la piept.

Bătrânul Ambo și-a fracturat glezna – s-a dus în pod nu ca toți oamenii normali, ci prin acoperiș. Țiglele s-au desprins sub greutatea lui. S-a prăbușit de la o înălțime de trei metri, a fost la un pas de moarte. A strigat până a răgușit, dar cine să-l audă? Locuiește într-o casă de la marginea Berdului, mai departe sunt numai râul, vechea capelă și lanul de grâu, mărginit de pădure la celălalt capăt. Bine că bunica Siran și-a dat seama că ceva nu e în regulă – Ambo nu se mai arătase de mult pe la poartă, s-o enerveze. A trecut pe la el și l-a găsit zăcând între cioburi de țigle, furios ca o viespe, și blestemând soarta până la a șaptea generație.

L-au pus în salonul general, dar apoi l-au mutat într-o rezervă – face mult zgomot, nu lasă pe nimeni să doarmă: mormăie, mârâie, își înjură ghipsul, se plânge ba de căldură, ba de frig, blestemă ziua și ceasul când a hotărât să se apuce de curățenie în pod: a stat vraiște o sută de ani, putea să fi stat și în continuare.

— Era greu s-o rogi pe Epime să te ajute la curățenie? bombănea bunica Siran în timp ce ambulanța se îndrepta spre spital săltând pe roți – în primăvara trecută râul își ieșise din matcă și inundase drumul, și nici acum nu fusese reparat. Ambo n-o învrednicea cu vreun răspuns, ba nici capul nu-l întorcea către ea. Odată ce plecase, nu mai avea de ce să se prefacă îngrijorată! Dar când l-a luat de mână, n-a respins-o, s-a încruntat numai, ca ea să nu se destindă prea tare. Siran nici gând să se destindă: s-a consultat amănunțit cu medicul, s-a pregătit, și a doua zi a plecat la oraș după cârje. Ambo avea să fie externat după o săptămână, urma să poarte ghipsul și acasă. Trebuia să se învețe încetul cu încetul să meargă.

Epime trece prin salonul bătrânului Ambo imediat după prânz, când bolnavii, după ce-și iau tabletele prescrise, se pregătesc pentru somnul de după-amiază. Pune pe noptieră o tratație: o plăcintă, un măr, o mandarină. Își trage un scaun și își așază mâinile pe genunchi. Zâmbește.

Bătrânul Ambo știe ce-o să urmeze, așa că expiră zgomotos, afectat. Epime nu-l bagă în seamă câtuși de puțin.

— Povestește, îl roagă ea, mângâind barba încâlcită a unchiașului.

— Ce-i de povestit? Piciorul mă doare, capul parcă mi-e strâns într-un cerc de fier – iar am tensiune, mă pun să iau tablete, dar cine-i ascultă? Sub ghips mă arde și mă mănâncă, îmi vine să-mi sfâșii pielea cu unghiile, dar nu ajung!

Epime se joacă cu degetele lui.

— Povestește!

— M-a chinuit insomnia, viermii au stricat alunii, trebuie să salvez copacii, altfel o să fie prea târziu. Soarele mușcă de zici că pârjolește printr-o lupă – asta înseamnă că diseară o să fie furtună. Și ciorile țipă supărate, așadar se strică vremea și furtuna o să aducă frig.

— Povestește!

— Iar o ții pe-a ta?

Epime curăță mandarina și i-o întinde. Bătrânul Ambo mănâncă o felie, alta i-o dă ei. Sunt obișnuiți să mănânce așa: o bucățică ea, o bucățică el. Împart și plăcinta pe din două, mărul îl refuză Ambo – nu-i place. Epime îl învârtește în palme, apoi îl bagă în buzunar.

— Povestește.

Bătrânul Ambo își îndreaptă ochii spre tavan și oftează prelung.

— Cu cine semeni așa încăpățânată?

— Cu tine.

— Eh, bine. Așa, deci. Acum douăzeci de ani, în ziua cu cea mai mare ninsoare din an – nu știu de ce, dar pe două februarie în Berd cade atâta zăpadă, că juma' de zi cureți aleea spre poartă, iar spre seară, când se oprește, lovește așa un ger, că toată noaptea trebuie să îndeși lemne în sobă – altfel înțepenești... așa, ce ziceam...?

Pierzându-și șirul gândurilor, Ambo tace supărat.

— Acum douăzeci de ani... îi suflă șoptit Epime.

El reia grăbit:

— ...pe două februarie te-ai născut tu. Dar bucuria și necazul merg peste tot mână-n mână: nici n-am apucat să ne bucurăm de nașterea ta, că maică-ta, hotărând că a trăit deja destul, s-a prefăcut într-un înger și a zburat la cer.

— Într-un înger cu aripi?! întreabă precizând Epime.

— Ce? Ei, da, cu aripi. Și bunica Siran te-a crescut singură. În copilărie ai fost bolnăvicioasă, ah, ce bolnăvicioasă ai fost! De la cel mai mic curent cădeai la pat cu febră mare și tuse o săptămână, ba chiar și două.

Bătrânul Ambo se încruntă – și-a amintit ceva, sau poate durerea din picior se face simțită.

— Ne-au spus de toate: că ești slăbuță și n-o să răzbești. Că trebuie să te dăm la un internat special, unde stau copiii ca tine. Dar eu și bunică-ta ne-am îndărătnicit...

— Fiindcă sunteți încăpățânați ca mine?

— Fiindcă suntem încăpățânați ca tine. Nu te-am dat nimănui, te-am ținut pentru noi. Și încetul cu încetul te-ai întremat, ai învățat să vorbești și chiar să scrii și să citești. Ai mers la școală opt ani. Iar acum ești mare, ajuți la spital. Nici nu-mi pot închipui cum s-ar descurca fără ajutorul tău!

Epime se întinde alături de bunicul ei și își pune capul pe umărul lui. El o sărută pe părul pufos – și al lui Vaan era la fel: ușor, aproape imponderabil, deloc armenesc. Siran a păstrat ca amintire bucle din copilăria lui, își zicea că atunci când o să crească o să fie mai închis la culoare. Părul lui Vaan s-a făcut mai des cu vârsta, dar nu și-a pierdut nuanța aurie rară. O distingeai fără trudă în orice mulțime de copii – strălucea ca soarele. Era copil unic și îndelung așteptat, o fericire și un balsam pentru suflet. S-a însurat devreme, imediat după școală – a vrut ca mama și tatăl lui să apuce să se bucure de nepoți. A plecat în armată. După o lună, a început războiul. A nimerit într-o ambuscadă, n-a vrut să cadă prizonier, s-a aruncat în aer cu o grenadă. Nevasta i-a murit la naștere. Epime s-a născut diferită de alți copii. N-o să se mărite, n-o să continue neamul. S-a stins neamul Didevananț, s-a stins.

Siran l-a părăsit imediat după înmormântarea nurorii. A zăcut trei zile cu ochii uscați, apoi s-a ridicat și l-a implorat: lasă-mă să plec. Dacă rămân, înnebunesc de durere și te înnebunesc și pe tine. Și a lăsat-o.

Trăiesc la cele două capete ale aceleiași străzi. El în casa lui, ea cu nepoata, în a ei.

În zilele libere Epime trece negreșit pe la bunicul ei. Îi aduce prânzul gătit de bunica și daruri primite de la bolnavi. Bunicul mănâncă merindele de la bunica cu aerul că-i face o favoare.

— Tot n-a învățat să pună sare, se încruntă el, râcâind cu lingura pe fundul farfuriei.

Îi trimite prin nepoată pensia, până la ultima copeică. Atunci când trece pe lângă casa fostei neveste, nu întoarce capul spre ea. Siran îl urmărește de după perdele și clatină din cap în tăcere.

Didevananț Ambo stă întins, ținându-și nepoata îmbrățișată, cu nasul îngropat în părul ei. Viața nu e fără sfârșit, el și Siran o să se ducă, și Epime o să rămână. Atunci o să aibă grijă de ea Aleksan, fratele răposatei nurori. E un om blând și bun, altcuiva nu i-ar fi încredințat-o pe nepoata lor.

Didevananț Epime stă pe umărul bunicului și se gândește că el, pesemne, e Dumnezeu, fiindcă în lume totul e așa cum prezice el: dacă mâine e ziua ta de naștere, înseamnă că o să ningă atât de tare, că o să-ți ia juma' de zi să cureți aleea spre poartă, iar noaptea o să te trezești de câteva ori să mai arunci lemne în sobă. Iar dacă, de pildă, soarele n-o să ardă, ci o să muște, de zici că pârjolește printr-o lupă – asta înseamnă că diseară o să fie furtună. Și seara negreșit vine furtuna.

Foamea

Nemețanț Aleksan întârzie îndelung în pivniță, admirând roadele muncii sale zilnice: oalele cu gâtul larg, al căror conținut se ghicește după miros îndată ce ridici capacul – aici e varză în saramură, acolo, sfeclă marinată, hasmațuchi, iarbă-grasă, alături, brânză de casă de toate felurile: brânză de vaci grasă, caș nesărat, brânză în saramură, cașcaval împletit, telemea de oaie maturată cu ierburi uscate. În vasele pântecoase de sticlă întunecată scânteiază mierea dens-chihlimbarie și untul topit. În lada mare sunt înghesuiți saci și săculeți cu tot felul de făinuri, fructe uscate, nuci și cereale, în cea mică, mazăre, fasole, *dzavar*[1]. De tavan sunt atârnate cărnuri afumate: șunci acoperite cu straturi subțiri de grăsime, șiraguri de cârnați de casă, rulouri de fleică roșie ca focul legate strâns cu sfoară. Pe rafturi se înghesuie borcănele cu provizii: dulcețuri, gemuri, compoturi, carne înăbușită, legume coapte și fripte. Groapa de cartofi e plină până sus de tuberculi pe alese presărați cu nisip de râu; morcovi, sfeclă și varză stau în lăzi de lemn, în pereții cărora sunt făcute găurele, ca legumele să poată respira. De bârnele puternice atârnă ciorchini de struguri și coceni uscați de porumb, își așteaptă sorocul mere și pere, se coc fructe de kaki portocalii, dulci, gutuile strălucesc galben-untos de sub puful lor moale. Sprijinindu-și dungile de peretele răcoros stau aliniați pepeni, amintind de vară.

Nemețanț Aleksan și soția sa, Arpenik, au o gospodărie mare: două livezi, grădină de legume, curte de păsări, prisacă cu treizeci de stupi, coteț de iepuri, grajd pentru trei vaci și opt oi, cocină de porci. În timp ce Aleksan se deșală muncind pământul, nevastă-sa se ocupă de casă și animale: spală, face curat, hrănește, duce la păscut. Până seara se învârtește prin bucătărie: coace, prăjește, fierbe, sterilizează.

---

1. Arpacaș de grâu. (N. a.)

Conservele sunt treabă complicată și trudnică, numai cu *kavurma* câtă bătaie de cap e: înăbușă carnea cu condimente aproape o zi întreagă la foc mititel (până leșină de tot, glumește Arpenik), împarte-o în borcane înghesuind-o bine, toarnă unt topit fierbinte și, imediat, înainte să se răcească, scutură borcanele. Iarna carnea asta e întotdeauna bună – poți să pui și în omletă, poți s-o adaugi și la cașa sau la supă. Când are timp, Aleksan își ajută nevasta: fie frige la foc vinete, roșii, ardei, fie pune zmeura cu zahăr pentru gem, fie macină grâu prăjit în mojarul de piatră făcându-l *pohindz*[1] – Arpenik nu are încredere în râșnițele electrice noi și se folosește de mojarul vechi, rămas de la străbunica.

Ea primește ajutorul bărbatului fără tragere de inimă, îl tot trimite să ațipească – du-te, dormi măcar un pic, să-ți odihnești mâinile. El se culcă ascultător, dar, după ce se sucește de pe-o parte pe alta, se întoarce la ea. Ea clatină din cap, dar nu zice nimic. Și ce să zică, doar la vârsta lor insomnia e ceva obișnuit.

Trimit o parte din conserve fiicei adoptive, o parte mai mică o păstrează pentru ei, iar cea mai mare o vând la bazarul fermierilor – în zilele de

1. Grâu prăjit măcinat. (N. a.)

târg vin acolo orășenii să-și facă piața. Aleksan e politicos și răbdător cu ei – orășenii parc-ar fi copii, nu se pricep la fructe și legume, nu știu să deosebească toba de jambon. El le explică în amănunt ce mere să cumpere pentru acum și pe care să le ia pentru pus la păstrare, cu ce și cum se mănâncă peștii uscați, neapărat le dă să guste, tăindu-le nu feliuțe transparente, ci bucăți generoase. Unii clienți îl ascultă cu recunoștință, alții îl întrerup politicos – mulțumim, ne descurcăm singuri. El nu insistă – treaba mea e să explic, dar cum doriți. Uneori printre cumpărători se nimeresc oameni atât de neplăcuți, că se minunează cum de-i rabdă pământul: se uită de sus, sunt mojici, iau alimentele cu aerul că-i fac o favoare. El le acceptă împăcat existența: vrei nu vrei, nu-i pădure fără uscături, la ce bun să te superi pe ceva ce nu poți să schimbi?

Dacă-l întrebi pe Aleksan de ce se teme cel mai mult pe lume, răspunde fără șovăire: de foame. Durerea o poți alina cu medicamente, frigul îl poți speria cu căldură, frica o poți alunga cumva. Foamea însă n-o poți astâmpăra și amăgi nicicum, te va înconjura ca un nor infernal, chinuindu-te și ucigând tot ce-i uman în tine. Aleksan cunoaște chipul foamei, a trăit cu ea doi ani lungi, nesfârșiți, douăzeci și cinci de luni cumplite: iarna când, nebănuind că Berdul va fi supus unei blocade, au mâncat fără grijă toate conservele, iar în februarie au rămas complet fără provizii; primăvara când au bombardat în toiul semănatului, ca să nu-i lase pe oameni să lucreze pământul; vara când fumul câmpurilor de grâu incendiate a umplut cerul de la un capăt la altul; toamna când a fost imposibil să ajungi la pădure ca să culegi fructe sălbatice; iarna când au început să vină ajutoare în grupuri mici prin trecătoarea bombardată cu obuze: cereale, lapte praf, ceai, praf de ouă – și atunci măcar copiii au putut să reziste până când a dat căldura, dar adulții, mai ales bătrânii, s-au dus unul după altul, s-a trezit dimineața, bunica nu mai e, bunicul abia mai respiră, până seara n-o să mai fie nici el; primăvara când, dând din mână a lehamite la auzul bombardamentelor, oamenii au ieșit la câmp să lucreze pământul și nu s-au întors toți – unii au fost împușcați, alții, luați prizonieri, dar nu aveau de ales, război sau foame, tot o moarte-i; vara când grindina cât pumnul a distrus tot, absolut tot, numai cartofii au scăpat, cu ei au și nădăjduit să reziste până-n primăvară; toamna când din grădini și din livezi a început să dispară recolta, la început s-au gândit unii la alții, apoi au descoperit că de vină erau orășenii – pasămite, și la ei era foamete, ei nu știu să lucreze pământul, așa că fură de la săteni... Aleksan s-a și supărat, i-a fost și milă de ei: ce să mai zici împotriva unor oameni care, înfrângându-și frica de moarte, au străbătut primejdioasa trecătoare de munte ca să fure hrană pentru familiile lor? „Mai rău ca foamea nu e nimic", socotea Aleksan, și știa ce vorbește, fiindcă văzuse moartea în față. I se înfățișase sub chipul unui bătrân emaciat: obraji căzuți, buze subțiri, lipsite de sânge, piele ca pergamentul, întinsă pe pomeții ieșind ascuțiți în afară. „Dacă n-ai grijă când îți treci degetele peste ei, poți să te rănești", se gândise necuviincios Aleksan. Parcă auzindu-i gândul, bătrânul și-a tremurat pleoapele transparente, sub care se ghicea mișcarea pupilelor întunecate, dar n-a putut deschide ochii. Zăcea pe-o parte, cu gâtul întors incomod și mâna stângă atârnând într-o parte, cu bărbia îndreptată în sus, din colțurile ochilor se întindeau dungile albicioase ale lacrimilor uscate; cu mâna dreaptă scurma pământul înghețat într-o mișcare fără sfârșit și fără sens, pantalonii îi alunecaseră, dezgolindu-i burta concavă și gaura stafidită a buricului, piciorul, acolo unde-l prinsese capcana, se înnegrise și șiroia de sânge, osul îi era rupt, prefăcut în fărâme.

Tot drumul, cât l-a dus Aleksan cu mașina la spital, bătrânul a tăcut, se încrunta doar când mașina sălta peste gropi. Când l-au pus pe targă, s-a agățat de mâna lui Aleksan, trăgându-l spre el. Aleksan s-a aplecat, a ghicit cu greu cuvintele în respirația lui grea și întretăiată, a pălit și a spus doar mișcând din buze: „Dați-mi adresa, restul e treaba mea“. Bătrânul i-a dat adresa.

Aleksan s-a dus de la spital la Mușeganț Țolak. L-a găsit în curtea din spate a casei sale – tăia lemne. La vederea oaspetelui a lăsat toporul, i-a venit în întâmpinare zâmbind și întinzându-i mâna. Aleksan și-a adunat degetele în pumn și l-a lovit peste buzele zâmbitoare, o dată, apoi încă o dată, s-a ferit de lovitura de ripostă, s-a aplecat scurt, fără să se uite, a pus mâna pe un buștean și, strâmbându-se de durerea care-i radia ascuțit în mâna stângă schiloadă, l-a izbit pe Țolak în burtă. Acesta a icnit, s-a îndoit de șale și s-a prăbușit la pământ. Aleksan a stat un pic deasupra lui, să-și potolească furia, a scuipat și a șters scuipatul cu bocancul. S-a așezat alături și l-a ajutat pe Țolak să se întoarcă pe spate.

— De ce ai pus cap-cana pen-tru urși pe parcela ta? l-a întrebat, poticnindu-se între gâfâieli. Ce-ai vrut să prinzi? Un șacal?

Ţolak şi-a trecut degetele peste buza spartă, s-a ridicat, s-a chircit de durere şi s-a lăsat la loc pe spate.

— Ce capcană?

— De parcă n-ai şti! i-a retezat-o mânios Aleksan.

— A nimerit cineva în ea?

— Un bătrân. Refugiat.

— Şi dacă-i refugiat înseamnă că poate să fure?

Ţolak s-a ridicat în capul oaselor, s-a întors neaşteptat de rapid şi l-a plesnit pe Aleksan peste faţă. Acesta nu s-a întors, şi nici n-a ripostat. A înghiţit, simţind în gură gustul neplăcut al sângelui.

— O să rămână fără picioare. Asta dacă supravieţuieşte. Are doar o strănepoată în oraş, pe nimeni altcineva. Restul au pierit în pogrom.

Ţolak s-a ridicat, a luat buşteanul cu care-l lovise Aleksan şi l-a aruncat fără să se uite în grămada de lemne tăiate. Buşteanul a nimerit chiar în vârf, s-a înfipt ca o ţeapă într-un alt lemn şi a rămas suspendat în aer.

— Adică eu n-am copii! a rostit el într-o şoaptă şuierătoare. Şi jumătate din rude nu-s refugiaţi. Adică eu n-aş putea să fur! Fiindcă eu sunt câine, nu om! Şi eu nu trebuie să halesc!

Aleksan s-a ridicat şi el şi şi-a scuturat pantalonii.

— Eu mă duc. Pe bătrân îl las în grija ta.

— Unde te duci?

— La oraș, după strănepoată-sa. Cică n-a mâncat de cinci zile.

Era mult de mers – patru ore pe drumul desfundat, răscolit de obuze. Pe Aleksan orașul l-a impresionat neplăcut – nu se prea deosebea de zona de graniță –, la fel de părăsit, neliniștit, îngropat într-un întuneric și frig dezolant. Fiecare casă, fiecare stradă, fiecare fereastră emana deznădejde și singurătate. A găsit fără greutate apartamentul bătrânului: un cartier mărginaș, la parterul unui bloc de beton de zece etaje, ale cărui ferestre erau acoperite pe dinăuntru cu pături, ca să păstreze o brumă de căldură. Fetița avea ochii diferiți: unul verde, unul căprui. Străbunica ar fi zis că e semnul diavolului – uneori el însemnează astfel oamenii, ca să nu uite de prezența lui în viața lor. Aleksan i-a întins fetiței un pumn de prune uscate, ea, șovăind, le-a luat, fără a uita să mulțumească. A mâncat încet, cu demnitate. Aleksan a așteptat-o să termine, apoi i-a spus să strângă lucrurile – ale ei și ale străbunicului; ea s-a supus fără să crâcnească, fără să întrebe nimic. Pe la miezul nopții au ajuns în Berd. Au străbătut trecătoarea cu mare viteză, riscând să cadă în prăpastie, dar altă ieșire nu era – farurile aprinse ale mașinii erau o țintă excelentă pentru lunetiști. Slavă Domnului, au ajuns fără aventuri.

Bătrânul s-a stins în aceeași noapte – nu l-a ținut inima. Aleksan l-a îngropat alături de părinții săi. Fetița plângea înturna, nu răspundea la întrebări, se temea de întuneric și de uși închise, țipa când se trezea într-o cameră încuiată. Aleksan la început n-a înțeles motivele fricii ei, apoi, când și-a dat seama, a scos ușa din balamale și ea s-a liniștit pe loc. O chema Anna, avea doisprezece ani, deși abia dacă arăta de nouă – mică, fragilă, tăcută. Mânca puțin, încerca să nu prea iasă din casă, iar dacă ieșea nu părăsea curtea. Odată, l-a îmbrățișat pe Aleksan și i-a povestit într-o șoaptă înfricoșată cum la ei înainte fusese totul bine, bunicul și bunica predau la școala din Baku, tata construia case, mama îl creștea pe fratele ei mai mic, și cum deodată n-au mai fost, fiindcă în apartament au dat buzna niște oameni și i-au omorât pe toți, pe Anna n-au găsit-o – în ultima clipă bunica o împinsese sub pat și îi poruncise să nu iasă orice s-ar întâmpla, dar pe nepotul de patru ani n-a apucat să-l ascundă, Anna a văzut cum o gheată murdară i-a pus piedică în timp ce fugea, el a căzut pe burtă, s-a lovit la față, a început să plângă, și aceleași ghete, sărindu-i în spinare, l-au zgâlţâit cu putere de câteva ori, până când a tăcut. Pe Anna străbunicul a scos-o din Baku într-o valiză – i-a făcut găuri, ca să nu se sufoce, şi a străbătut oraşul cuprins de pogrom. Înainte de a închide capacul, i-a cerut iertare pentru cazul că aveau să fie omorâţi.

— Şi uite că nu ne-au omorât, şi-a încheiat ea povestea ridicându-şi ochii de culori diferite spre Aleksan. Să nu vă supăraţi pe el, era savant, nu ştia nimic în afară de ştiinţa lui, aici s-a angajat ca paznic, dar salariul întârzia, bani cu împrumut nouă, refugiaţilor, nu ne dădea nimeni, trebuia să plătim camera, proprietăreasa ameninţa să ne dea afară, eu plângeam fiindcă tare voiam să mănânc, străbunicul a răbdat cât a răbdat, apoi a zis că e peste puterile lui să-mi vadă lacrimile – şi a plecat să facă rost de mâncare.

Dacă îl întrebi pe Aleksan care e rostul vieţii omeneşti, răspunde, fără să şovăie o clipă, că grija. Faţă de apropiaţi, faţă de rude, faţă de cei rămaşi. Din trei fii, numai cel mic a supravieţuit războiului. Acum trăieşte în îndepărtata Americă, nu vine niciodată în vizită. Îşi cheamă părinţii la el, dar ei nu vor cu nici un chip – aici sunt mormintele strămoşilor, aici o să ne îngroape şi pe noi. Anna a plecat de mult la oraş, s-a făcut jurnalistă, călătorește prin lume și scrie articole inteligente. Toate par să se fi așezat, poate să răsufle ușurat, să trăiască în sfârșit pentru el, dar mai e și Epime, o fetiță solară, fiica surorii lui moarte la naștere, Aleksan și Arpine merg în fiecare duminică în vizită la ea – s-o vadă, dar și să-i amintească de ei, Epime are memorie scurtă, ca păsărelele, îi recunoaște numai pe cei pe care-i vede mereu. Când o veni vremea, o s-o ia la ei. Viața are rost câtă vreme ai de cine să te îngrijești, repetă adesea Aleksan. Arpine nu se supără – de ce-ar tăgădui, când așa și e: viața are rost atunci când ai pentru cine să trăiești.

Dantela

Derbentul semăna cu o monedă de aramă decolorată într-o ramă simplă de lemn: copaci arși de răsuflarea soarelui, încurcându-și ramurile în poalele cerului, case de piatră cu verande înalte, o împletitură de ulicioare prăfuite, cetatea roșcată cu trepte fără număr – urcându-le, Anna a încercat să le numere, dar curând s-a încurcat și a dat din mână – lasă-le-n plata Domnului, ce contează câte sunt? La jumătatea drumului, ca să-și recapete răsuflarea, s-a oprit, a cuprins cu privirea orașul răsăritean splendid în modestia lui, a țintit cu coada ochiului cupola ascuțită a bisericii apostolice și a oftat cu un sentiment amestecat de plăcere și amărăciune – ce rost are, fără ai noștri?! Astăzi a venit pentru prima dată la Derbent, pe care nu-l știa, dar nu conta – avea ceva vag familiar și te primea cu bunăvoință, pe loc și fără condiții. Poate că motivul erau curțile gălăgioase împrejmuite cu garduri scunde sau chipurile trecătorilor – în fiecare puteai recunoaște pe cineva dintre vecinii din Berd, sau poate vorbirea polifonică armonioasă, care nu-ți zgâria auzul – dacă nu ascultai cu atenție, părea că vorbesc armenește. Anna a petrecut în Derbent câteva ore, dar deja detecta în el trăsături ale Berdului, le căuta invariabil în înfățișarea tuturor orașelor în care mergea, și întotdeauna le găsea fără greș. Și nu avea importanță unde se afla – în Spania care te copleșea cu arșița amiezii, în China cea misterioasă și de neînțeles sau în Scandinavia cea bătută de vânturi. Peste tot o aștepta un salut liniștitor al orașului care devenise al ei, îi dădea vești despre el fie printr-o țiglă de teracotă spartă, fie prin pragul tocit al unei case de piatră, fie prin aroma unei felii de pâine acrișoară bine rumenită: sunt aici, sunt aproape, părea că spune el, ai unde să te întorci, ai un refugiu unde nu trebuie să-ți fie frică să trăiești!

Erau deja paisprezece ani de când Anna învățase să nu se teamă să trăiască. Din ziua în care în pragul camerei a apărut Aleksan și i-a întins un pumn de fructe uscate: „Numai să mănânci câte puțin, altfel o să te doară burta". Luând prețioasa tratație din mâinile lui, ea și-a amintit că trebuie să lase un pic și pentru străbunicul, a mestecat încet anume, ca să amăgească foamea și să se sature înainte ca fructele să se termine. Dar ele s-au terminat până să apuce ea să-și potolească foamea.

În depărtare, scânteind albastru-turcoaz, își depăna leneș valurile frumoasa Caspică. Anna și-o amintea din copilărie, cea dinainte de pogrom, pe care o ștersese din viața ei ireversibil și pentru totdeauna. Dar o visa – nechemată și luând-o mereu prin surprindere, această copilărie aeriană, fericită, ca un curcubeu, și îi pârjolea fără cruțare sufletul, lăsându-i o senzație de amărăciune și pierdere neostoită. Cel mai adesea visa malul mării, unde le plăcea să se plimbe cu toată familia, să mergem la promenadă, propunea mama, și toți se învoiau, mama era cea mai gălăgioasă, râdea sonor și nereținut – dându-și capul pe spate, aplecându-se și bătând din palme, Annei îi plăcea foarte mult asta, fiindcă deseori îi imita gesturile și mimica, tata împingea căruciorul în care dormea Goșa, îl așteptaseră foarte mult și în sfârșit venise, castanii erau înfloriți, Caspica se oglindea în ceruri, părea că e continuarea cerurilor, Anna râdea, bătând din palme, ca mama, și știa că așa o să fie mereu. Aceste vise fericite și ușoare se transformau după trezire într-o tortură grea – trebuia să trăiască o vreme cu senzația că-i strânge ceva inima, că cineva i-o stoarce cu labe terminate cu gheare, exact atât încât să bată slab, dar să bată – și nu-i dă drumul.

Amiaza te orbea cu strălucirea încăpățânată a soarelui, vrăbiile ciripeau, chiar la poalele cetății, niște tineri povesteau ceva caraghios întrerupându-se unul pe altul cu hohote de râs.

Anna s-a scuturat de gânduri și, dojenindu-se, ca de obicei, pentru amintirile care-i pricinuiau durere și de care nu se mai învăța să se desprindă, a continuat să urce scările. Trebuia să se grăbească – astăzi mai avea în plan vizitarea necropolei Kîrhlear, unde potrivit legendei se odihneau patruzeci de martiri arabi care înfruntaseră în bătălie o armată de patruzeci de mii de hazari. În ciuda relației sale lipsite de toleranță cu războinicii credinței, Anna voia neapărat să viziteze cimitirul cu care locuitorii orașului se mândreau și pe care-l considerau sacru.

La necropolă a ajuns mult după amiază. Soarele trecuse deja de culmea cerului și, împrăștiind o căldură slabă, se rostogolea implacabil spre apus, aerul de deasupra orașului devenea dens și parcă mai greu, deasupra Caspicii dădea roată țipând răgușit și alarmat un stol de pescăruși.

Nu departe de intrarea în cimitir, pe o bancă joasă de lemn ședea o bătrână într-o rochie neagră groasă și pantofi scâlciați și, cu palmele împreunate în rugăciune, mișca mut din buze. Anna a vrut să treacă pe lângă ea, dar i-a zărit privirea – detașată și fără lumină –, s-a oprit, și-a ținut respirația și a rămas s-o admire.

Bătrâna se distingea prin acea frumusețe nobilă pe care cu trecerea anilor o capătă oamenii buni, deschiși: ridurile adânci nu-i deformau, ci îi înfrumusețau chipul, mâinile, acoperite de pete de bătrânețe ruginii, aminteau de două farfurii de lut în care se servește la micul-dejun miere și unt, și era în înfățișarea ei atâta neostentativă și necondiționată demnitate, încât nici pantofii scâlciați nu știrbeau, ci mai degrabă subliniau și chiar completau această frumusețe.

Când și-a terminat rugăciunea, bătrâna s-a mișcat ușor, făcând loc pe bancă, și a bătut cu palma în ea:

— *Kîzîm, otur ianmida.*

Auzind limba azeră, Anna s-a crispat pe dinăuntru, apoi s-a uitat în jur în speranța că nu vorbește cu ea. Dar nu mai era nimeni în apropiere.

— Așază-te lângă mine, fetițo, a repetat bătrâna, de data asta în rusă.

Anna s-a așezat. În ciuda așteptărilor ei, bătrâna nu s-a grăbit să lege o conversație. Și-a trecut de câteva ori palma peste piept, parcă scuturând niște fire de praf invizibile, apoi a oftat adânc. Și-a împletit degetele noduroase într-un fel de lacăt complicat – Anna a zâmbit fără să vrea la acest gest uitat din copilărie.

— Cum v-ați dat seama că sunt femeie? a întrebat ea ca să rupă tăcerea, și imediat i-a părut rău – nu e politicos să-i amintești cuiva de neajunsul său.

Bătrâna însă a dat din umeri fără supărare, negăsind nimic jignitor în cuvintele ei.

— Răsuflarea femeii e mai adâncă și mai înceată, a urmat explicația. Bărbații nu respiră, ci doar se joacă. Și cu viața se poartă fără grijă: n-o trăiesc, ci o ard.

Anna a încuviințat din cap și imediat s-a dojenit – interlocutoarea ei, nevăzându-i gestul, ar fi putut lua tăcerea ei drept lipsă de respect. Dar n-a apucat să deschidă gura: bătrâna a început din nou să vorbească.

— Nu ești de-aici. Ai venit în vizită, sau cu treabă?

— Mâine e un mare festival în oraș, probabil ați auzit. Trebuie să fac un reportaj despre el. Am venit doar un pic mai devreme, ca să văd Derbentul. După aceea n-o să mai am timp.

Bătrâna și-a tras poalele rochiei, le-a netezit peste genunchi și a întins gâtul, de parcă ar fi căutat pe cineva.

— Nu vezi o mașină albă? E timpul să vină nepotu-meu după mine.

— N-o văd. Dar pot să vă duc eu acasă. Numai să-mi dați adresa, și chem un taxi.

— Îți mulțumesc, fetițo, nu-i nevoie, mă ia nepotu-meu. Mă aduce aici în fiecare zi, apoi mă ia. Numai aici pot să mă rog. Acasă nu reușesc – e zgomot și agitație. Aici e liniște, aproape că auzi răsuflarea vântului.

Anna a zâmbit.

— Ce frumos ați spus – răsuflarea vântului.

Bătrâna a râs cu amărăciune:

— Am citit într-o carte, nu mai țin minte cum se numea. Am avut o bibliotecă foarte bogată. Cât am văzut, am citit mult. Dar de treizeci de ani, de când am orbit, nu mai citesc.

Anna s-a trezit gândindu-se că îi vine irezistibil s-o atingă. Chiar s-a întins spre ea, dar imediat și-a retras mâna. Bătrâna și-a întors ușor capul, parcă ascultându-i mișcările, a tăcut o vreme, privind concentrat înainte cu ochii orbi, apoi a plescăit din limbă.

— Vrei să mă întrebi ceva?

— Vreau, a răspuns cu însuflețire Anna. Ați spus că nu vedeți de mulți ani. Dacă se poate, dacă nu vă deranjează, vă rog să-mi povestiți despre cele mai vii amintiri pe care le aveți. Cele pe care le numim „tablouri“.

Bătrâna a oftat.

— Sunt lucruri care nu ți se șterg din memorie niciodată: chipurile părinților și ale copiilor, casa părintească, apusul pe Caspica și strada care ducea la bazar – am străbătut-o întreaga copilărie înainte și înapoi, tata vindea legume și mă tot alerga cu diferite treburi mărunte. Îmi amintesc moscheea veche cu un cuib mare de barză pe minaret; de fiecare dată când mullahul chema la rugăciune, barza se ițea la marginea cuibului și rămânea atentă pe tot parcursul slujbei, ca și cum ar fi stat de veghe. Odată a zburat spre sud și nu s-a mai întors, toți am crezut că a murit pe drum, dar în iulie a venit totuși, slabă și bolnavă, a căzut pe pragul moscheii și și-a dat duhul, parcă-l văd și acum pe mullah cum o ducea în brațe ca pe o povară prețioasă, un vas de sticlă fragil, și pe obraji i se rostogoleau nestăvilit lacrimi de durere adevărată.

A tăcut, parcă întrebându-se dacă merită sau nu să continue, și totuși a continuat, dar, înainte de a face asta, a închis mâna Annei în pumn și a acoperit-o cu palma ei ușoară.

— Și îmi mai amintesc dantelele: de mătase, fără nici o greutate, ca puful de păpădie. N-am văzut în viața mea ceva mai frumos. Aveam pe-atunci vreo cinci ani, poate chiar mai puțin. M-a trezit un zgomot nedeslușit, pe jumătate adormită, cum eram, nu reușeam să-mi dau seama de unde venea, dar apoi mi-am dat seama că de afară. Am țâșnit în curte așa cum eram, am scos capul pe poartă, și pe strada noastră mergea o mulțime întreagă de oameni pe jumătate dezbrăcați: bătrâne cu șaluri aruncate pe umeri în grabă, bărbați în lenjerie intimă, femei în cămașă de noapte, copii în pijama. Un convoi înarmat îi gonea din partea centrală a orașului, unde locuiau armenii bogați și negustorii evrei. Dimineața era umedă și mohorâtă, nu le lăsaseră timp să se îmbrace, tremurau de frig și își strângeau neputincioși la piept veșmintele sumare, ca să se încălzească măcar un pic. Cei care nu apucaseră să se încalțe aveau tălpile pline de sânge. Adulții, în ciuda stării lor deznădăjduite – știau exact cum avea să se termine totul –, pășeau în tăcere, privind concentrat la picioare, numai copiii începeau din când în când să scâncească, dar erau liniștiți imediat. Ridicând palmele spre cer, se rugau cerând mântuire bătrânele, și lamentările lor încărcate de suferință erau mai crunte decât cea mai cruntă realitate. Una dintre ele, trecând pe lângă mine, și-a strecurat o mână în sân, a scos o cruciuliță, a sărutat-o de trei ori și a strâns-o între degete cu convingere, ca și cum asta ar fi putut schimba ceva. Săltând nerăbdătoare în pragul porții, am așteptat să treacă, fiindcă zărisem în spatele ei două fete în rochii identice – corset înalt, mâneci împodobite cu cele mai fine broderii, fustițe înfoiate, care nu le acopereau genunchii, tivite cu dantele despre care eu, copil dintr-o familie săracă, auzisem, dar pe care nu le mai văzusem niciodată. Ușoare și transparente, aceste dantele, prinse în răsuflarea de gheață a vântului, fluturau și cădeau la loc, precum niște aripi de îngeri căzuți, precum penele unor păsări bizare, precum spuma curată a mării pe val. Când fetele au ajuns în dreptul meu, mi-am luat inima-n dinți și le-am atins tivurile rochiilor. Dantelele erau de culoarea spumei de lapte, fără greutate, parcă făcute din aer, brodate cu irişi argintii şi încă nişte petale pe care n-am apucat să le văd bine. Cred că nu există cuvinte care să mă ajute să exprim starea de adâncă suferinţă care m-a copleşit în clipa aceea, când am înţeles cu o perspicacitate improprie vârstei mele că frumuseţea acestor dantele nu are nici o legătură cu mine! Erau ca florile de gheaţă de pe geamul rece al verandei, pe care le poţi admira, dar nu le poţi căpăta. În momentul acela nu mă încerca decât acest sentiment de orfan pe care-l are oricine când în faţa lui se deschid pentru o clipă porţile spre o lume vrăjită, dar numai pentru a se trânti la loc brusc, pentru totdeauna. Zăpăcită de această revelaţie, am pornit ca o somnambulă între fete, fără să dau drumul tivurilor. Ele nu s-au mirat şi n-au încercat să se elibereze, doar s-au uitat la mine cu ochii lor fără fund, erau palide la faţă, cu buzele vinete de frig, cea mai mică avea ochi de culori diferite – unul verde, celălalt căprui, mama ar fi spus că e semnul lui Iblis[1] – uneori îi însemnează astfel pe oameni ca să nu uite de prezenţa lui permanentă în viaţa lor. Aş fi mers aşa, între fetele alea, dar deodată unul dintre bărbaţii care

1. Numele diavolului în islam. (N. tr.)

veneau din urmă m-a înșfăcat cu brutalitate și m-a împins pe poartă, stropșindu-se înainte să apuc să-mi revin din spaimă și supărare: „Stai pitită, altfel o să te ia drept una de-a noastră!“ Mi-a salvat viața bărbatul acela, că ieșisem din casă pe jumătate dezbrăcată, și, dacă m-ar fi văzut, comandantul convoiului m-ar fi mânat laolaltă cu ceilalți. Și mi s-ar fi întâmplat și mie ce i s-a întâmplat acestei mulțimi de nefericiți: aș fi fost împușcată și aruncată în Caspica, hrană pentru pești. Au fost niște oameni – și apoi n-au mai fost. S-au împrăștiat ca o dâră de fum de paie în aerul rece de noiembrie.

Anna a oftat. Palma bătrânei, așezată peste mâna ei, se transformase într-un bloc de piatră care o apăsa și o țintuia la pământ.

— Derbentenii și-au împărțit apoi bunurile lor părăsite, a continuat bătrâna după un minut de tăcere, chiar și tatăl meu a adus de acolo o căruță de cărți – singurul lucru pe care nu-l considera furt. Cu cărțile astea am și crescut – eu, cele trei surori ale mele și cei cinci frați, o familie mare și prietenoasă, mândria orașului, întreabă pe cine vrei de Asiat Mamedova și neamul ei, n-o să auzi nici o vorbă rea despre noi.

— Ați ghicit că sunt armeancă, a șoptit Anna.

Bătrâna a mângâiat-o pe mână.

— Așa e, fetițo.

La Kîrhlear, Anna nu a mai ajuns. A stat cu bătrâna până când a venit nepotul ei s-o ia. A urmărit cum acesta o conduce respectuos la mașină, cum o ajută cu grijă să se așeze pe banchetă și îi învelește picioarele cu o pătură. I-a refuzat propunerea de a o duce la hotel. Când mașina a pornit, bătrâna a întors capul spre ea și a făcut un gest ciudat cu mâna – ca și cum ar fi apăsat o greutate. Anna a simțit cum i se dezleagă baierele inimii, dar ce domina în această senzație – durerea, sau ușurarea – n-ar fi putut să spună. Când la jurnalul de seară s-au dat știri din Baku, pentru prima dată n-a schimbat canalul și s-a uitat în tăcere cum șeful statului, înconjurat de oaspeți străini, depune coroane pe Aleea Martirilor – locul de doliu al orașului. Pe aleea asta erau înmormântați pogromiștii împușcați de soldații sovietici, pe care mai târziu, ca să albească trecutul rușinos al țării, puterea îi ridicase la rang de luptători pentru credință. Anna privea chipurile încruntate de bărbați de pe pietrele de mormânt și se întreba căruia dintre ei îi aparțineau ghetele care jucaseră pe spinarea fratelui ei. Și se gândea că Goșa era doar un copil, nu pricepea mare lucru, dar văzuse cum bunica o ascunsese sub divan, ar fi putut să se strecoare până la ea când în casă dăduseră buzna oameni străini, așa făcea mereu când îi era frică – zbura la Anna și se ascundea în spatele ei, dar iată că în ziua aceea n-a făcut asta, în ziua aceea a trecut în fugă pe lângă locul unde era ascunsă, fiindcă n-a vrut s-o dea de gol în fața celor care veniseră să ucidă.

Cireada

Dimineața de noiembrie a umblat prin sat ca o gospodină harnică, punând totul într-o ordine desăvârșită – n-aveai a te plânge de nimic. După ce a stins ultimele stele, a șters cu o cârpă moale bolta cerească și s-a convins cu satisfacție că deasupra totul e gata pentru a întâmpina soarele, s-a apucat numaidecât de vale: a netezit coroanele copacilor, ciufulite de vântul nopții, a trezit râurile de munte și a presărat din belșug rouă pe drumuri, potolind praful tulburat. Dimineața de noiembrie – răcoroasă și senină – s-a aferat grăbită, pregătind lumea pentru o nouă zi, plăcută și binecuvântată. Cam pe când, cuprinzând cu o privire mulțumită frumusețea pe care o crease, ea s-a liniștit în sfârșit și s-a întins sub zidul capelei de piatră, să moțăie un pic înainte de răsăritul soarelui, Kapitonanț Manuș a deschis ochii. După ce a rostit în grabă o scurtă rugăciune și a băut pe stomacul gol un pahar de apă cu mentă – împotriva proastei dispoziții și a fierii care, conform convingerii ei nestrămutate, i se revărsa peste noapte în vintre, ca să i le macine cu reînnoit zel la trezire –, și-a legat capul cu o basma de pânză și, aruncându-și pe umeri un șal de lână în carouri (gri-închis cu albastru stins), s-a îndreptat spre ieșire, pășind cu mare grijă pe podeaua din scânduri scârțâinde – ca să nu-și trezească fiul, care dormea după schimbul de noapte. După câteva minute, uitând de orice precauție, glasul ei pătrunzător, răgușit de tutun, rostogolindu-se dintr-un capăt în altul al curții, îl ridica în picioare pe fiu un pic mai devreme decât camionul lui Muradanț Andro:

— Stinge-ți-s-ar ochii, să nu mai vadă lumina soarelui! a izbucnit Manuș ieșindu-și din fire. Să cadă lâna de pe tine-n smocuri și coarnele să-ți crească așa de lungi, de să ți se-nfigă peste tot și să nu mai poți să le scoți! Să-ți crească spini pe limbă și să ți se acopere ugerul de ciuperci otrăvite! Să…

— *Ai mer*[1]! i-a strigatȚolak maică-sii, deschizând cu zgomot oblonul șușabandului.

— *Adjan*[2]! a răspuns Manuș trecând într-o clipă de la tonul mânios la unul mângâietor.

Țolak s-a aplecat pe fereastră, trăgând în piept aerul dens al dimineții, care încă nu se descotorosise de răceala de peste noapte. De pe o creangă de măr și-a luat zborul o vrabie mare, cu capul rotund, scuturând ultimele frunze roșiatice. După ce a dat roată livezii, s-a întors, s-a așezat exact pe creanga de pe care plecase și s-a uitat cu reproș la somnorosul Țolak.

— Ce să zic, și-a înăbușit acesta un căscat, adică vocea maică-mii nu te-a speriat, dar a mea, da!

Vrabia a mai ciripit o dată buimac, a sărit de pe o creangă pe alta și a dispărut din vedere. Țolak a pipăit pe pervaz după chibrituri, a scos fără să se uite o țigară dintr-un pachet, a rulat-o între degete, a pus palma sub firele de tutun care au căzut din ea și le-a scuturat în livadă. A tras un fum, tușind răgușit încă de la prima respirație.

— Măcar să fi mâncat ceva mai întâi, s-a auzit de jos glasul dogit al maică-sii.

1. *Mer* înseamnă mamă în limbaj popular. (N. a.)
2. Exclamație de răspuns la o chemare. (N. a.)

Ţolak s-a sprijinit de pervaz şi s-a uitat în jos. Manuş stătea strângând la piept un borcan de sticlă plin cu lapte şi se uita cu adoraţie la fiul ei.

— De ce făceai scandal? a întrebat el dregându-şi vocea.

— M-a scos din fire capra. După ce că dă doar două picături de lapte, mai şi împunge sau răstoarnă găleata!

— Şi eu aş împunge dacă aş fi potopit cu blesteme!

Mama a chicotit, acoperindu-şi gura cu palma înnegrită. Lui Ţolak i s-a strâns inima – ştia şi iubea din copilărie gestul ăsta ruşinat, ea nu râdea niciodată deschis, socotind un astfel de comportament semn de proastă educaţie. Aceste scrupule n-o împiedicau însă deloc să fie zgomotoasă şi certăreaţă, putea să scoată şiruri întregi de blesteme asurzitoare la adresa caprei lipsite de minte, care dădea lapte puţin, sau a motanului, care îl păcălea mereu pe câinele curţii – acesta nici n-apuca să dea din urechi, că motanul îi şterpelea carnea din castron – interesant e că n-o mânca, ci, după ce o tăvălea cum se cuvine în praf, o ascundea prin colţuri –, sau a găinilor, care, ca să-i facă în ciudă stăpânei lor, îşi găseau de lucru nu prin cotineaţă, ci prin grădina de legume – poftim de caută apoi printre straturi unde şi-au ascuns toantele astea ouăle! Mama în general nu le prea menaja pe animale, era în stare să țipe la ele sau să le lovească – nu ca să le doară, dar cu sete. Țolak rareori o împiedica, cunoscându-i caracterul dur, țărănesc – astfel de oameni au propria reprezentare despre dreptate și morală, acolo unde un orășean așterne paie și se închină de trei ori ca să treacă, ei se reped drept înainte fără să se cruțe, iar dacă întâlnesc un necunoscut aflat la necaz, se dau peste cap să-l ajute. În schimb, având un spirit practic și nesofisticat, față de animale nu încearcă nici un fel de milă sau compasiune. Așa și Manuș, nu știa prea multe, se purta cu ele cum te porți cu niște ființe de rang inferior și prin urmare fără drepturi. Țolak o dojenea uneori blând, îndemnând-o să aibă milă, dar ea îl întrerupea supărată:

— Ce milă poți să ai față de o oaie? Omul o crește ca s-o mănânce. Așa că orice discuție despre mila față de animale e iscată de necuratul.

— Dacă te-ar auzi tata acuma!

Mama ridica din umeri: Unde-i taică-tu ăla? Unde-i taică-tu?

Plângea apoi pe furiș, ștergându-și lacrimile cu colțul basmalei. Țolak o îmbrățișa, învinovățindu-se – *lav*[1], *ai mer*, *lav*, nu te supăra. Ea nu se supăra.

---

1. Bine (arm.). (N. a.)

Singura făptură cu care maică-sa avea relații de respect era bufnița, care aștepta cu o regularitate de invidiat în podul casei lor să treacă vremea rea. Odată, ivindu-se parcă de nicăieri, a intrat în zbor pe fereastra îngustă a podului, s-a lovit de marginea acesteia, s-a rostogolit în aer, dar s-a redresat ca prin minune și nu s-a prăvălit pe podea. Reușind să ajungă până la cea mai îndepărtată grindă din tavan, s-a prăbușit pe ea și a oftat amar, parcă văitându-se de durere. Manuș, lăsând deoparte cârpa înmuiată în soluție cu oțet cu care ștergea cu osârdie peretele podului – împotriva mucegaiului –, a dat fuga la bucătărie, a scotocit printre medicamentele vechi, expirate, rămase de la răposatul bărbatu-său, a găsit Furacilinul și a dizolvat o tabletă într-un pahar cu apă – pentru cazul în care ar fi nevoie să-i trateze o rană. Gândindu-se mai bine, a adăugat o a doua tabletă – oricum nu mai era valabil medicamentul, poate două să aibă un oarecare efect. A tăiat o bucățică de carne crudă, a urcat, a lăsat-o la celălalt capăt al grinzii din tavan și s-a ascuns după un cufăr. Când bufnița s-a apropiat cu pas clătinat, șovăitor de carne, Manuș a ieșit tiptil din ascunzătoare și a aruncat basmaua deasupra ei, prinzând-o. După ce a pipăit-o repede și s-a convins că totul e-n ordine, a dat drumul păsării, dar înainte de asta s-a ascuns din nou după cufăr – era important ca bufnița să nu ghicească cine o prinsese. Aceasta a sărit fluturând din aripi pe grindă, și-a răsucit îngrijorată capul, căutându-și atacatorul, și, negăsind pe nimeni, s-a liniștit din nou. A așteptat până s-a potolit furtuna, apoi a zburat, fără să se atingă de carne. Din ziua aceea a venit des – să se adăpostească de vremea rea. Când vedea că poalele cerului se întunecă, Manuș urca grăbită în pod, deschidea larg fereastra dublă și lăsa o tratație într-un loc vizibil – măruntaie de găină crude sau o grămăjoară de carne tocată. Bufnița pleca în zbor îndată ce vremea se calma, iar de tratație se atingea rareori – pesemne cu asta a și cucerit-o pe Manuș, care dintre toate calitățile omenești, ba chiar și ale celorlalte viețuitoare, prețuia demnitatea personală. Judecând după comportamentul brutal față de celelalte animale, singura ființă la care constatase această stimă de sine era bufnița.

Țolak o cunoștea pe mama lui în toate felurile și o iubea așa cum era: gălăgioasă, tăcută, certăreață, înlăcrimată, surâzătoare, meschină, generoasă. Cu vârsta, trăsăturile ei negative le depășiseră treptat pe cele pozitive, își împietrise sufletul și devenise indiferentă față de orice – față de lume, față de oameni, față de viață. Numai cu copiii și nepoții era la fel de blândă, încercând pentru ei o afecțiune și o tandrețe fără margini. Iar ei îi răspundeau așijderea.

Înfiorându-se de frig, Țolak s-a stropit cu apă rece ca gheața și s-a șters bine cu prosopul, simțind cu plăcere cum căldura binecuvântată i se răspândește prin corp. Și-a pus o cămașă curată și a scos din sertarul cu încălțăminte ghetele de piele pe care le păstra și le purta extrem de rar, la ocazii speciale. Și-a prevenit mama că o să iasă curând. Ea a dat să-l întrebe unde se duce, dar și-a amintit imediat și s-a dus repede în bucătărie, să pună masa pentru micul-dejun. Astăzi era comemorarea morții bătrânului refugiat, străbunicul fiicei adoptive a lui Aleksan. Când a murit, Țolak a insistat să plătească el înmormântarea, dar Aleksan n-a fost de acord. Au plătit împreună, veghind cu strășnicie să împartă egal cheltuielile. Mergeau la mormânt tot împreună – la fiecare comemorare. Despre încăierarea care avusese loc cu mulți ani în urmă nu aminteau, și nici nu era nimic de amintit – a fost și s-a dus. „Viața e prea scurtă ca să ții minte necazurile, dă la o parte ce nu contează și trăiește fără să privești în urmă", își amintea deseori Țolak vorbele tatălui său. Se străduia să le urmeze mereu.

Tatăl lui fusese un om uimitor – bun, blând, înțelegător. Simțindu-l, animalele se lăsau pe mâna lui să le trateze fără nici o teamă. Oamenii glumeau că Mușeganț Aramais vindecă prin vrăji, altfel cum s-ar explica faptul că la alți veterinari durează mult până se fac bine animalele, iar la el, deși folosește aceleași medicamente, a doua zi sunt deja sănătoase? „Trebuie să tratezi cu inima, ce pot să facă mâinile dacă nu iubești ceea ce faci?" nu obosea să repete tata.

Cât și-a luat Țolak micul-dejun, adunând resturile de omletă cu o bucățică de pâine, mama lui a stat în fața lui și a fumat, scuturând scrumul într-o farfurioară veche și crăpată.

— Măcar să fi mâncat înainte, a dojenit-o Țolak cu propriile ei cuvinte.

Ea a zâmbit distrat, dând din mână – mai târziu.

După ce și-a condus fiul, a urcat în pod să-l vadă cum merge șchiopătând, trăgându-și un umăr și aruncându-și neputincios cotul într-o parte de fiecare dată când călca pe piciorul vătămat. Paltonul vechi de postav, tocit la mâneci și la guler, atârna trist pe el, i se aduna în cute la umeri, i se încurca în genunchi la poale, îngreunându-i mersul. Manuș a oftat cu amărăciune, amintindu-și că odinioară abia îl încăpea.

De la fereastra podului, Berdul se vedea ca-n palmă. Trei case mai încolo era curtea lui Aleksan, curând Țolak o să ajungă la poartă, o să-l strige, acesta o să răspundă imediat și o să meargă împreună mai departe – Aleksan o să înceapă să povestească ceva, dând din mâna dreaptă, sănătoasă, stânga, cu care nu mai putea face mare lucru, o s-o țină ca de obicei pe lângă corp, iar Țolak, aprobându-l, o să dea din cap mărunt, șchiopătând și trăgându-și umărul. O să treacă pe lângă gardul lui Azinanț Tigran, fiica lui mai mare, Agapi, stă deja sub dudul scuturat, așteptând seara, ca să iasă la plimbare, ca în fiecare zi; Aleksan și Țolak o să se oprească s-o salute peste uluci, ea n-o să le răspundă, dar o să le surâdă cu surâsul ei senin, și ei o să-și continue drumul, bucuroși că lumea asta încă nu-i cu totul fără nădejde dacă e încălzită de zâmbetul fiicei mai mari a lui Azinanț Tigran.

Ajungând la răspântie, o să stea un pic, privind spre culmile albastre ale trecătorii îndepărtate, apoi o s-o ia la dreapta și o să înceapă să urce spre cimitir. Așteptându-i să se întoarcă, Manuș o să-și aducă aminte cum pe același drum mergea într-o dimineață înghețată de februarie o cireadă de vaci slabe. În timpul blocadei, când animalele nu mai aveau ce să mănânce, stăpânii disperați i le-au trimis lui răposatul bărbatu-său – să nu le sacrificăm, Aramais-*djan*, găsește tu ceva, poate măcar le ajuți cu ceva medicamente să reziste până-n primăvară. „Ce medicamente?" și-a desfăcut brațele deznădăjduit soțul ei. Manuș atunci a plâns și l-a implorat să nu ducă cireada pe drumul bombardat în raionul vecin, la molokani, care ar fi putut-o hrăni, dar el n-a cedat rugăminților ei – le duc și gata, n-o să mă omoare tocmai pe mine, că doar o să vadă că-s neînarmat și mân animalele! Țolak s-a dus cu tatăl lui, deși acesta s-a împotrivit și l-a certat, dar cum era să-l lase singur?! În ziua aceea Manuș a stat agățată cu degetele reci de rama ferestrei de la pod și a privit fără întrerupere cum cireada, condusă de doi câini ciobănești, se îndrepta spre trecătoare. A văzut cum pe neașteptate s-a pornit focul, cum mai întâi, secerat de gloanțe, a căzut fiul ei, iar după el soțul, cum animalele, nu se știe de ce, n-au fugit, ci au înconjurat trupurile bărbaților și au așteptat răbdătoare să fie ucise, și au fost ucise – până la ultima vacă mugind amarnic și ultima oaie behăind jeluitor. Manuș a mai stat la fereastra podului până la răsărit, străpungând noaptea înghețată cu ochii înecați în lacrimi, și abia la răsărit, deslușind prin pâcla care se împrăștia că trupurile fiului și soțului ei dispăruseră, a oftat ușurată. Așadar, erau în viață și reușiseră să se târască într-un loc ferit, a sperat ea. Dar nu putea nicicum să ajungă până la ei – un animal ucis e bun de mâncat, așa că drumurile spre locul unde zăcea cireada răpusă erau bombardate constant. Dimineața părea neobișnuit de caldă pentru iarnă, soarele ardea, zăpada se topea, trecătoarea era învăluită într-o albeață umedă, înăbușitoare, și abia spre seara zilei următoare s-a întors gerul, a concentrat umezeala într-o ceață deasă, acoperind cu totul vederea și potolind în sfârșit tirul. Ceața a dat prilejul micului detașament al lui Aleksan să se ducă într-acolo. Când l-au dus pe Țolak la spital, mâinile îi erau negre de pământ, unghiile i se rupseseră și degetele îi șiroiau de sânge, piciorul rupt umflat abia i se mai ținea în câteva fâșii de tendon și mușchi. Într-un delir inconștient povestea întruna cum târâse trupul tatălui său în vale, cum așteptase ajutoare și, înțelegând că ele nu vor veni, îi săpase un mormânt, dar pământul înghețat nu ceda, așa că nu putuse decât să-i presare puțin peste față și piept, iar picioarele rămăseseră neîngropate, parcă așteptând să fie sfâșiate de șacali, delira și se opintea să se întoarcă, să-și termine de înmormântat tatăl.

Mult mai târziu, după ce și-a venit în fire, n-a mai povestit nimic, a tăcut și s-a chinuit insomniac – s-a dezvățat să doarmă. De carne nu s-a mai atins niciodată – i se impregnase în nări pentru totdeauna duhoarea cirezii moarte putrezind sub soarele de iarnă inexplicabil de arzător.

După ce a așteptat ca Aleksan și Țolak să apară la răspântie, Manuș, icnind de dureri la încheieturi, a coborât în grabă scara podului, să se ocupe de treburile casei. Țolak nu i-a mărturisit niciodată prietenului său că nu el pusese capcana pe parcelă, și i-a interzis și maică-sii să vorbească despre asta – eu sunt bărbatul, eu trebuie să dau socoteală. Manuș a plâns un pic, dar s-a resemnat – dacă era ca fiul său să răspundă pentru faptele ei pe lumea asta, fie, oricum pe lumea cealaltă o va face ea.

„Viața e prea scurtă ca să ții minte necazurile“, îi plăcea răposatului ei soț să repete. „Dă la o parte ce nu contează și trăiește fără să privești în urmă.“ Țolak așa făcea, dar, uite, ea nu putea. Nu voia. Își înghețase sufletul, își împietrise inima. Nu-i iertase bărbatului ei că n-o ascultase și plecase de bunăvoie la moarte. „A meritat să plătim nesăbuința ta prostească cu singurătatea și lacrimile mele?“ întreba Manuș rememorând anii insuportabil de grei când, fără ajutorul lui Țolak, a cărui revenire la viață fusese grea și îndelungată, fusese nevoită să-și crească singură copiii mai mici. „A meritat să plătești cu sănătatea fiului nostru?“ se tortura ea cu întrebarea al cărei răspuns nu-i era dat să-l primească vreodată.

Plimbarea

Azinanț Agapi se pregătea de plimbare spre seară. Mergea pe strada acoperită cu pietriș mărunt, ușor în pantă, până la capăt, apoi o lua la dreapta, spre izvor. Nu se oprea acolo – avea să bea apă la întoarcere.

Trecea pe lângă micile prăvălii și ateliere, băgând capul pe ușa fiecăruia. Zarzavagiul sorta neîndemânatic năsturelul și coriandrul care se ofileau ușor, băcanul punea stafide și nuci în cornete de hârtie. La croitor țăcănea mașina de cusut elvețiană și mirosea a fier de călcat încins. În cizmărie, o femeie în vârstă, într-o rochie închisă la culoare, ședea trăgându-și sub scaun rușinată piciorul îmbrăcat într-un ciorap simplu – cizmarul îi repara gheata.

Vizita lui Agapi nu lăsa pe nimeni indiferent.

— Barev, Agapi-*djan*, o saluta zarzavagiul.

— Iisus Hristos să te ocrotească, Agapi-*djan*, zicea băcanul.

— Cum te mai simți, Agapi-*djan*? se interesa croitorul.

— Totul o să fie bine, Agapi-*djan*, o asigura cizmarul.

Femeia în vârstă clătina din cap și ofta. Agapi îi zâmbea și pleca mai departe. Pe lângă casele de piatră, pe lângă gardurile strâmbe, pe lângă câinii din curți, care lătrau, pe lângă livezile golite de toamnă – se culegeau gutuile și ultimii kaki înghețați, apoi pomii dormeau până la primăvară.

Drumul ei se încheia la podul de piatră. Se sprijinea de balustradele de piatră, ascultând glasul râului. Acum e răgușit, înfundat, nu se disting cuvintele. La stânga, vechiul cimitir, la dreapta, poteca îngustă care duce în sus, spre vârful pleșuv al lui Hali-kar. Când era mică se cățăra acolo în fiecare zi – Agaaaaaapi, o striga maică-sa, ai grijă, nu te apropia de prăpastie! Nu mă apropii, promitea Agapi, și apoi se ducea direct pe margine, să asculte glasul râului. Pe-atunci era puternic și limpede, fiecare cuvânt părea un cântec întreg.

— Nu se cuvine ca o fetiță să alerge atât de departe de casă, o dojenea mama.

Agapi promitea să nu mai fugă niciodată – și fugea.

Avea un chip angelic – ochi mari, transparenți, gene stufoase, păr greu, ondulat.

— O să fie o frumusețe când s-o face mare, spuneau vecinii.

— Important e să fie fericită, replica mama.

Agapi știa despre fericire tot ce trebuie să știe o fetiță de șapte ani: părinți iubitori, mâncare gustoasă, un pat cald. Un frate și o soră mai mici, cățeaua Vilka. Singurul lucru pe care nu-l știa era de ce merele necoapte sunt mult mai gustoase decât cele coapte. Și de ce adulții îi interziceau să le mănânce acre, punând-o să aștepte până ajung plicticos de dulci. Nu-i plăcea să aștepte, așa că jumulea merii și se cățăra pe vârful lui Hali-kar să asculte râul.

Familia ei era una dintre acelea pe care războiul le ocolise – nici casă distrusă, nici bărbați uciși, nici femei luate prizoniere și violate. Aveau grijă unii de alții, își ajutau vecinii, mergeau la biserică – mama aprindea lumânări și îi mulțumea lui

Dumnezeu: Astvaț-*djan*, să nu socotești că-i prea de tot că ne-a mers mai bine decât altora. În timp ce ea se ruga, Agapi și sora ei mai mică, ridicate pe vârfuri, studiau icoana Maicii Domnului.

— De ce e așa de tristă? întreba în șoaptă sora ei.

— Au supărat-o, pesemne, răspundea Agapi.

Mama le făcea semn să tacă și continua să mulțumească – Astvaț-*djan*, Astvaț-*djan*. Agapi scotea capul pe ferestruica bisericii, de unde pe podeaua neregulată cădea o dungă îngustă de lumină. Într-o zi însorită, în ea roiau fire de praf imponderabile, în cele mohorâte pluteau umbre triste.

Războiul a început când ea avea opt ani și s-a liniștit un pic când a împlinit treisprezece. Ai ei se bucurau reținut: a trecut, a trecut. Un an mai târziu, i-au murit ambele mătuși de o boală grea de sânge. Apoi s-a dus mama ei, răpusă de același rău. Și, într-o zi, Agapi, trecând pragul unei alte realități, nu s-a mai întors. Au rămas fratele și sora mai mici, șubrezita cățea Vilka și tatăl brusc albit și îmbătrânit. În familia lui Agapi nu se vorbește niciodată despre război, poate pentru că se știe totul despre el. Că începe adeseori, dar nu se sfârșește niciodată. Că la început distruge case și îi ia pe bărbați, iar apoi, când se potolește, provoacă boli incurabile femeilor. Apoi, după ce și-a bătut joc în voie de adulți, îi duce într-o altă lume pe tinerii care n-au știut să facă față fricii. Războiul își pune pecetea pe fiecare și nu îngăduie nimănui să se salveze.

Azinanț Agapi se întoarce de la plimbare seara târziu. Trecând de la un felinar stradal la altul, încremenește câte o clipă în cercul de lumină. În nopțile cu lună acolo roiesc fire de praf imponderabile, în cele cețoase plutesc umbre triste.

Nu-și amintește nimic și nu recunoaște pe nimeni. Sensul existenței sale sunt plimbările zilnice: în sus pe strada în pantă, pe lângă micile ateliere și prăvălii, spre vechiul pod. Să stea sprijinită de balustradă și să asculte râul. Pe drumul de întoarcere neapărat să bea din apa izvorului. Și să aștepte primăvara, când o să fie iar mere necoapte, acre. Acum Agapi știe de ce sunt mai gustoase decât cele coapte, dar nu se pricepe să explice.

Ghetele

— Te roade rău?

Makaranț Kolik și-a întins gâtul ca să se uite la talpa lui Nunufar, dar imediat, venindu-și în fire, și-a ferit privirea, dojenindu-se în gând pentru lipsa de politețe. Nunufar și-a tras piciorul și s-a încruntat, simțind sub ciorap o așchie de pe colțul grosolan șlefuit al taburetului. Și-a trecut degetul peste el – nu părea să se fi rupt. Să fi fost de nailon, ar fi fost nevoie de remaiere, dar la unul de bumbac nu era cazul. În fond, și dacă se rupea – avea să-l cârpească așa de bine, că nici nu s-ar fi deosebit de unul nou.

— Hai să-ți arăt. A luat gheata din mâna cizmarului și i-a arătat locul de la baza fermoarului:

Uite aici mă bate și mă roade rău. Ai diabet, știi și tu că orice rană, cât de mică, e un chin și o bătaie de cap.

Dând din cap afirmativ, Kolik s-a apucat imediat de treabă. În timp ce el, aplecat ușor deasupra ghetei și dregându-și gâtul întruna, aburea fermoarul, Nunufar ședea cu mâinile împreunate pe genunchi și studia interiorul sărăcăcios al atelierului: rafturile prăfuite, pline cu încălțări reparate sau așteptând să fie reparate, pensulele lipicioase pentru clei, borcănele cu tot felul de lucruri care numai Dumnezeu știe la ce foloseau, ațe, diferite sule și cuțite, perii, cutiuțe de tablă antediluviene cu ceară uscată și plină de crăpături.

De pe perete o privea un afiș decolorat cu un candidat stupid la președinție – nici nu mai știa câți fuseseră în viața ei, fiecare parcă înadins mai lipsit de conștiință și mai corupt decât cel dinainte. Nunufar a citit denumirea mâzgălită a partidului pe care-l reprezenta candidatul („O Republică Mai Bună") și s-a uitat o clipă la maxilarul lui greoi și pătrat și ochii mici și alunecoși. „Ce mutră nerușinată!" s-a gândit ea și s-a întors cu reproș către Kolik:

— De ce l-ai atârnat pe idiotul ăsta pe perete?

Acesta i-a urmărit privirea și a fornăit:

— Acoperă o crăpătură. Măcar la asta să folosească.

— Am ipsos acasă. Îți aduc, să repari crăpătura. Dar pe ăsta scoate-l, te rog frumos.

Kolik a luat ascultător afișul de pe perete, l-a mototolit și l-a aruncat sub soba cu lemne, pentru ațâțat focul. Nunufar i-a observat acțiunile cu un sentiment de vădită plăcere. Când ghemotocul de hârtie, nimerind într-un buștean, a zburat într-o parte, ea nu a pregetat să se ridice și, pășind cu grijă pe talpa neîncălțată, l-a luat și l-a aruncat din nou sub sobă. Kolik n-a văzut asta – vrând să fumeze, ieșise în pragul atelierului.

— Tușești, dar pufăi, nu s-a sfiit să comenteze Nunufar brutal, trăgând zgomotos aer în piept și strâmbându-se de parcă fumul de țigară i-ar fi pătruns în plămâni.

— E dreptul meu. Că doar nu-s copil, am cincizeci de ani! a făcut cizmarul o încercare slabă de a se justifica.

— Și ce-mi pasă mie?

Kolik a tropăit șovăielnic pe loc, neîndrăznind s-o supere pe Nunufar (respectul față de vârstnici e mai presus de orice), și a tăcut. Din atelierul vecin a ieșit croitorul și, fără să-i ceară voie, a tras o țigară din pachetul lui. Kolik a aprins un chibrit, dându-i un foc.

— Îîh, măcar ție să ți se fi trezit conștiința, Arto! a prins glas Nunufar.

Croitorul – un uriaș grăsun, cu umeri lați și cu o expresie neașteptat de copilăroasă, și din pricina asta aparent neputincioasă, în ochii de un albastru viu – a chicotit, desfăcându-și brațele:

— De unde să am eu conștiință, Nunufar-*mokir*[1]!

— Păi ce, când a împărțit Dumnezeu conștiința pe tine te-a sărit dinadins?

— Taman cum zici, m-a sărit dinadins. Mai apoi însă, rușinându-se, m-a blagoslovit cu porție dublă de frumusețe, a parat netulburat Arto, faimos în tot Berdul pentru urâțenia lui incontestabilă, ba chiar covârșitoare.

— Absolut încântător, un pic strâmb și pistruiat, dar cui nu i se întâmplă! a răspuns mărinimoasă Nunufar și, socotind că argumentele ei nu sunt destul de convingătoare, a adăugat: În schimb, nu te deoache nimeni – deochiul nu prinde la urâți.

— Bah, mama-*djan*, a izbucnit Kolik.

Atras de râsul lui, din atelier a scos capul tânărul ucenic al croitorului, dar, rușinându-se, a intrat la loc.

1. Mătușă (arm., dial.). (N. a.)

— Nunufar-*mokir*, ar trebui să fii ministru de externe, a glumit Arto.

— Cu tine, diplomația noastră găunoasă ar ajunge la un nivel nemaivăzut! a adăugat Kolik.

Nunufar le-a aruncat o privire dojenitoare și a pufnit.

— Mă mai iau și peste picior, netoții.

Și, nereușind să se abțină, și-a lățit și ea fața într-un zâmbet.

Terminându-și țigara, Kolik s-a întors la treabă. A meșterit cu acul, clătinând din cap și hohotind cu bunătate. Nunufar ședea cu mâinile împreunate pe genunchi și cu buzele strânse într-o linie subțire. La fiecare hohot al cizmarului chipul i se lumina într-un surâs trecător, dar se stingea imediat. Din profil semăna cu o cioară mare: negricioasă, cu nasul coroiat, cu o privire vie, cercetătoare în ochii de cărbune. Sub basmaua strâns legată i se ghicea părul prins într-un coc greu – erau deja patruzeci de ani de când Vainanț Nunufar nu se tunsese. La un moment dat și-a acoperit capul cu basmaua și nimeni n-a mai văzut-o cu capul descoperit. Se spunea că de-a lungul acestor ani nu se spălase pe cap, dar era puțin probabil să fie adevărat, că doar mirosul unui păr nespălat de jumătate de veac se deosebea de al lui Nunufar – ea mirosea a săpun simplu, a fructe uscate și a maia, adică a tot ce miros bunicile obișnuite din Berd.

Cu patruzeci de ani în urmă, după ce strânsese niște bani, Nunufar își trimisese fiul mai mare la oraș, să învețe tehnică dentară, ținându-și astfel cuvântul dat soțului muribund, care credea cu sfințenie în puterea și importanța educației în capitală. Cei mai mici, gemenii de șase ani, au rămas în grija ei. Vestea proastă a găsit-o la slujbă. Tocmai se pregătea de plecare, când a sunat telefonul, și telegrafista i-a citit cu glasul întretăiat de groază telegrama în care i se anunța că în ziua anterioară avusese loc o tragedie cumplită – un troleibuz căzuse în lacul orașului și muriseră mulți oameni. Iar printre ei era și Vaceagan al ei.

Nunufar nu prea știa ce-i ăla troleibuz. Când a ajuns în oraș, a cerut mai întâi să-i fie arătat. Nu putea să priceapă cum de o mașină atât de mare și de zdravănă reușise să se prăvălească în lac. „Păi coarnele alea cu care e legat de fire n-ar trebui să-l țină?“ l-a întrebat ea pe tânărul doctor care, intenționat fără să-și ridice ochii – atât de frică îi era să-i întâlnească privirea –, a semnat certificatul de deces al lui Vaceagan. Medicul n-a protestat, doar a dat vag din umeri – se întâmplă de toate. După ce i-a înmânat certificatul, i-a măsurat tensiunea și i-a dat niște tablete, având grijă să ia imediat două. La despărțire, Nunufar i-a atins mâinile – Mulțumesc, fiule. Pe Vaceagan i l-au dat după o săptămână, într-un sicriu greu, sigilat; la nivelul feței era o ferestruică, a încercat să-și vadă băiatul prin geamul mătuit, dar n-a reușit. La înmormântare n-a plâns – nu putea cu nici un chip să creadă că în sicriu zace Vaceagan al ei. La patruzeci de zile i-a bătut la ușă o femeie necunoscută, a refuzat invitația de a intra măcar în hol, stând în prag și tot mutându-se de pe-un picior pe altul i-a povestit cum cu o seară înainte visase doi bărbați, unul era foarte tânăr, de vreo șaptesprezece ani, aproape un copil, celălalt mai în vârstă, cu tâmple cărunte și riduri fine în jurul ochilor, și acesta o rugase să vină în îndepărtatul Berd și să-i transmită lui Vainanț Nunufar să nu-și facă griji pentru ei, că trăiesc într-o casă mare și luminoasă, ale cărei ferestre, așa cum își dorise ea mereu, dădeau spre apus, așa că dimineața, la micul-dejun, nu le era cald, iar seara puteau să cineze admirând poalele scânteietoare ale cerului, aruncate în grabă peste munții albăstrui – astfel de vorbe ciudate a rostit, a zis femeia clătinând din cap mirată, apoi a adăugat: Și m-a mai rugat să transmit că Nunufar să nu se supere pe el că a murit atât de devreme și să aibă grijă de fiii mai mici, fiindcă e neliniștit din pricina lor. După ce și-a povestit visul, femeia și-a luat rămas-bun și a plecat imediat, refuzând până și ceșcuța de cafea – se temea să nu piardă autobuzul interurban. Nunufar a făcut o boccea cu mâncare, a alergat gâfâind până la autogară și a reușit să i-o dea pe fereastră, iar când autobuzul a dispărut din vedere și-a dat seama că n-a aflat nici numele femeii, nici adresa. Întorcându-se acasă, a plâns câteva zile în șir și, crezând în sfârșit moartea fiului ei și împăcându-se cu ea, și-a legat pe cap un batic negru.

Pentru gemeni, amintindu-și avertizarea soțului răposat, a tremurat toată viața, nu i-a lăsat la oraș – mai bine să învețe electrotehnica la liceul local și să repare fire electrice decât să trăiască departe de ea. Războiul a început când fiii împliniseră douăzeci de ani. Amândoi s-au întors în armată, pe care o terminaseră de curând, amândoi s-au dus imediat voluntar pe front. Nunufar și-a plâns toate lacrimile implorându-i să nu facă asta – că deocamdată are cine să lupte, de ce tocmai ei? Dar băieții erau de neclintit – dacă nu noi, atunci cine?! Atunci, într-un acces de disperare și durere cumplită, ea i-a rugat: măcar nu plecați amândoi, să rămână unul din voi cu minte! Și unul din gemeni – mai târziu n-a putut deloc să-și aducă aminte care din ei, i-a răspuns cu furia rece a sufletului tânăr și nechibzuit: Poftim, alege tu cine să rămână!

Și astfel Vainanț Nunufar nu și-a putut păstra fiii.

— Nunufar-*mokir*, ia încearcă, n-ar trebui să te mai roadă, i-a întins Kolik gheata.

Luată prin surprindere, nu s-a desprins imediat din șuvoiul obișnuit al gândurilor și câteva secunde a privit nedumerită gheata, neînțelegând ce să facă cu ea, dar apoi și-a venit în fire, a luat-o și a răsucit-o în mâini, cercetând cusătura invizibilă. S-a ridicat, a străbătut atelierul, pășind pe talpa desculță, și s-a oprit lângă soba cu lemne. S-a aplecat brusc, a deschis ușița și a aruncat în foc afișul mototolit, fără a uita să facă un comentariu caustic: Toți sunt o apă și-un pământ! A privit afișul cum se mistuie, scoțând un fum murdar, acrișor. A pufnit.

— Nici să ardă ca lumea nu știu!

Kolik și-a scărpinat ceafa:

— Tare nu-i iubești!

— Și pentru ce să-i iubesc? Ne-am mai plânge copiii dacă țara asta nefericită ar fi condusă de oameni cumsecade?

Kolik a dat mărunt din cap, încuviințând. A refuzat indignat banii oferiți. Nunufar i-a promis să-i trimită o *gata* ca mulțumire. S-a încălțat, întorcându-se rușinată cu spatele la el. Și-a împreunat mâinile, luându-și rămas-bun: Mulțumesc, fiule.

— Măcar nu te mai roade gheata? a strigat Kolik în urma ei, scoțând capul pe ușa atelierului.

Ea s-a întors și a fluturat din mână.

— Nu-ți face griji, *țavd tanem*. Nu mă roade.

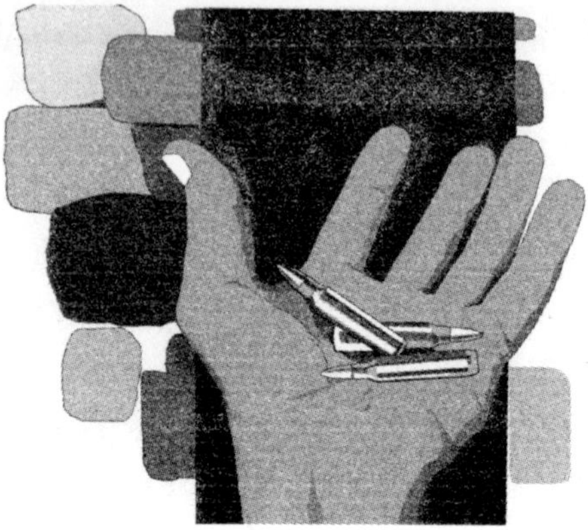

Alegerea

— Când Dumnezeu îl lipsește pe om de o calitate, cu siguranță îi dăruiește cu mărinimie o alta. Așa a făcut și cu Arto al nostru: frumusețe nu i-a dat, dar l-a făcut așa de vorbăreț, că nu mai știi cum să-ți acoperi urechile!

Avakanț Mișik, prinzând privirea ucenicului de croitor, i-a făcut cu ochiul conspirativ și s-a întors din nou la sobă, având grijă să nu dea cafeaua în foc. Ucenicul – un tânăr slăbuț și colțuros, cu o mustăcioară convingătoare deasupra buzei de sus, a zâmbit sfios și, ca să-și ascundă stânjeneala, s-a apucat cu sporită râvnă să pună pe farfurie *gata* fărâmicioasă trimisă dimineața de Vainanț

Nunufar. Croitorul, despre care era vorba, a căscat cu sete, și-a încrucișat la piept mâinile uriașe, informe și s-a sprijinit de spătarul scaunului – acesta a scârțâit jalnic și s-a clătinat sub greutatea lui.

— Nu încurca binecuvântarea Domnului cu o omletă, Mișik. Nu sunt vorbăreț, ci am darul vorbirii! Iar pe acela dintre noi care e cu adevărat vorbăreț n-o să-l arătăm cu degetul, da, Masis-*djan*? i s-a adresat Arto ucenicului său.

Masis, buimăcit de-a binelea, a încremenit deasupra farfuriei.

— Bine-ți șade să stânjenești un copil! s-a oțărât la el Kolik.

— Da' eu de mult nu mai sunt copil! a strigat Masis într-un falset care-i trăda emoția.

Sfârșitul propoziției a fost înecat într-un hohot de râs binevoitor.

— A răbdat el ce-a răbdat! a zis Arto bătându-se peste coapse și scuturându-și pântecul mare și rotund.

Scaunul pe care ședea se legăna puternic, amenințând să se facă bucăți. Cizmarul râdea, aplecat de șale și scoțând câte-un chițăit subțire. Și doar băcanul părea să-și păstreze sângele rece, deși după cum îi tresăreau colțurile gurii era limpede că n-avea să se mai poată ține mult.

— Iar vă luați de copilul ăsta? a zis zarzavagiul intrând în atelier și stârnind cu întrebarea sa un nou acces de veselie.

— Suro, el de mult nu mai e copil, de vreo cinci minute!

— Da' certificat are?

— Sigur că are! Cu ștampilă oficială!

— Ce să spun!

Dând de înțeles prin toată înfățișarea sa că discuția nu-l tulbură câtuși de puțin, Masis a scos din cutie ultima bucățică de *gata*, a gustat jumătate și a început să mestece cu sârg. Când i-a fost întinsă ceșcuța de cafea, a luat-o fără tragere de inimă, parcă făcând o favoare. Fără să-și schimbe expresia indiferentă de pe chip, a sorbit din băutura fierbinte – și deodată s-a înecat. S-a îndoit de spate, sprijinindu-se cu palmele de genunchi. Nereușind să-și potolească accesul de tuse, s-a îndreptat brusc și s-a repezit spre ieșire – acolo, în aerul rece de noiembrie, poate că va reuși să-și recapete răsuflarea. Cu o agilitate neobișnuită pentru corpul lui masiv, Arto a sărit de pe scaun, a alergat după el, lovind cu umărul tocul ușii și, doar printr-o minune reușind să nu cadă, l-a cuprins strâns cu brațele pe Masis, apucându-l de maxilar și făcându-l să-și dea capul pe spate, ca să-și deschidă calea spre plămâni.

— Respiră, băiete. Numai nu te panica. Respiră.

Masis a deschis larg gura, a inspirat și expirat întretăiat de câteva ori, simțind cu tot corpul cum pieptul îi este eliberat dintr-o menghină de piatră, și în sfârșit a început să respire greu, inhalând cu lăcomie aerul înghețat și înțepător. Deasupra se rotea gurluind însuflețit un stol de porumbei. Cerul tomnatic al Berdului era rugos, fisurat, apăsător de indiferent. „Asta pentru că în curând vine iarna", s-a gândit Masis, ștergându-și lacrimile.

Mișik i-a adus apă.

— Bea.

— Sunt bine.

— Bea, îți spun.

A sorbit câteva înghițituri și a dat paharul înapoi. Și-a plimbat privirea de la îngrijoratul Mișik la Arto. În pragul de lemn al atelierului șovăia neliniștit zarzavagiul.

— S-o fi răcit cafeaua, a zis vinovat Masis.

— Dracu' s-o ia de cafea, *djansahutiun*[1], aia contează. Ți-a mai trecut tusea?

— A mai trecut.

— Carevasăzică are și schimbarea de climat ceva bun, s-a înviorat zarzavagiul.

---

1. Sănătatea (arm., în vorbirea populară). (N. a.)

Masis nu l-a contrazis. S-a dat la o parte, lăsându-i pe bătrâni să treacă. A scos din buzunar un șervețel de hârtie, și-a dres glasul și s-a șters pe buze. Pe suprafața albă ca zăpada a rămas o picătură mică de sânge. A mototolit în grabă șervețelul și l-a băgat în buzunar. Nu cumva să observe, că-l duc pe loc la doctor. Data trecută Arto a ridicat în picioare tot spitalul fluturând radiografia ca pe un pistol. Dar medicii doar n-o să-i facă plămânii arși să funcționeze la capacitate maximă! Nu mai era nimic de dres la ei, și Arto cu siguranță știe asta mai bine ca oricine. De aceea îi și amenința pe doctori cu radiografia – din neputința umilitoare de a schimba ceea ce nu putea fi schimbat.

Masis nu-și mai amintea de mult starea aceea fericită în care putea respira cu tot pieptul, fără să se teamă de crizele de sufocare. Căpătase crizele astea în război, pe care nu-l mai ținea minte bine – era prea mic atunci când a ajuns în Karin-Tak-ul său natal. Satul a fost asediat, trecut prin arme, incendiat și bombardat fără cruțare, a fost supus blocadei și i s-au otrăvit apele. Dar nu s-a predat. După nenumărate și zadarnice atacuri, inamicul a hotărât să facă o manevră înșelătoare – a anunțat un armistițiu de două zile, ca oamenii să-și poată îngropa morții. Dar la ivirea zorilor a lansat un atac pe tăcute. Casa lui Masis se afla chiar la margine, ea trebuia luată prima. Tatăl lui avea o pușcă veche și douăzeci de gloanțe. După ce a pus trei gloanțe deoparte – pentru el, nevastă-sa și copilul mic, s-a așezat între ferestre, trăgând astfel încât inamicul să aibă impresia că sunt mai mulți apărători. Inamicul a crezut asta și a aruncat în luptă grenadele. Când au sosit ajutoarele, casa era în flăcări, iar tatăl și mama lui, încuiați în pivniță, s-au salvat de dogoarea insuportabilă turnând peste ei și peste băiat moarea din varza pusă la murat. Alte gloanțe decât cele puse deoparte tata nu mai avea. Tocmai le încărca pe acelea în pușcă atunci când au sosit ajutoarele.

Din războiul acela mare Masis nu mai ținea minte decât fumul îngrozitor, care-i mânca ochii și plămânii. Și pe un bărbat uriaș, care, doborând ușa grea cu umărul, l-a înșfăcat și l-a scos din pivnița încinsă. Aerul din jur era atât de dens și irespirabil, că-l ustura cerul gurii și i se înțepenea în gât. Bărbatul l-a sprijinit zdravăn cu spinarea de el și l-a apucat de maxilarul inferior, silindu-l să-și țină capul astfel încât să poată respira mai ușor. De la înălțimea lui a văzut Masis curtea plină de niște baloți informi și livada în flăcări. După trunchiul gros al dudului, ținându-și ciudat gâtul însângerat, stătea pe vine un bărbos și nu-și lua ochii de la el. Salvatorul lui Masis l-a atins pe umăr și, când acesta s-a prăbușit pe o parte, l-a apucat de guler și l-a târât lângă baloți. Și atunci a devenit limpede că de fapt curtea nu de baloți e plină, ci de cadavre.

— Dacă n-ai fi fost tu, i-ar fi omorât pe mulți de-ai noștri, îi spunea uneori Arto tatălui lui Masis.

Acesta mereu ridica din umeri la cuvintele lui.

— Dar dacă n-ai fi fost tu, noi n-am mai fi în viață acum!

Când Masis a împlinit opt ani, Arto l-a luat la el – medicii afirmau că blânda climă din Berd i-ar putea fi de folos și i-ar ușura crizele de sufocare, care erau tot mai chinuitoare și mai puternice cu fiecare an. Masis nu voia să plece, dar tatăl lui l-a convins:

— Arto o să te ia ca ucenic, o să înveți o meserie în timpul care-ți rămâne liber de la școală. Niște cunoștințe în plus nu-i strică nimănui.

— Dar pot să învăț și aici meseria de croitor!

— Nu meseria e importantă, ci sănătatea ta. Și-apoi gândește-te și la Arto, fiule. Tu ne ai pe noi, pe frații tăi mai mici – slavă Domnului, maică-ta și cu mine avem și alți copii. Dar Arto? Cu tine n-o să se mai simtă atât de singur.

Și iată că sunt deja cinci ani de când Masis s-a mutat la Berd. În vacanțe îi vizitează pe ai săi în Karin-Tak, restul zilelor le petrece la Arto. Trăiește în casa lui, în timpul liber ajută în atelier. Marțea, când Avakanț Mișik se duce la vechiul hacikar, îi ține locul la băcănie. Vinerea și duminica o ajută la matematică pe fiica cizmarului. Refuză hotărât banii. Oamenii îl iubesc foarte mult, îi zic fiul regimentului. Îl educă – stângaci și fără pricepere. Masis privește cu înțelegere eforturile lor pedagogice, dar a prins obiceiul de a se răzvrăti. Treisprezece ani e o vârstă serioasă, trebuie să înțeleagă și ei asta.

Uneori dorul de casa părintească devine atât de greu de îndurat, că lui Masis îi vine să plece cu prima mașină întâlnită în cale. Dar n-o face, ca să nu-i supere pe Arto și pe părinții săi, pentru care nimic nu e mai important decât sănătatea lui. „Sunt gata să nu mă mai văd cu tine ani de zile dacă asta îți ajută plămânii arși să se vindece", îi spusese mama lui odată, pe când îl conducea la Berd. Apoi izbucnise în plâns și îl îmbrățișase atât de strâns, încât tata fusese nevoit să-i descleșteze cu greu degetele ca să-și ajute fiul să se elibereze. Lui Masis i se pare câteodată că au rămas în casa aceea fierbinte și că mama lui și acum, tușind și sufocându-se din cauza fumului dens, aleargă printre borcane, turnând peste ei toți moare, care se usucă într-o clipă, formând pe corp o crustă iritantă, iar tata, isprăvind toate gloanțele, le rostogolește îndelung, insuportabil de îndelung, în palmă pe ultimele trei, iar apoi trage piedica spre el cu un gest hotărât, ca să încarce pușca.

Odată, el îi mărturisise lui Masis că lucrul cel mai chinuitor pe care-l trăise fusese această alegere. „Viu oricum nu m-aș fi predat. Și nici să vă las pe mâna lor nu puteam. Nu simțeam nici frică de moarte, nici disperare, nici măcar îndoială. Singurul lucru care mă chinuia era alegerea. În tot timpul în care am apărat casa, nu m-am gândit decât la asta: pe care din voi va trebui să-l împușc primul când o veni vremea: pe tine, sau pe maică-ta."

Despre război Masis știe numai ce știe orice locuitor de la graniță: odată început, el poate să nu se termine niciodată. Războiul o să se târască încet, otrăvind totul în cale cu răsuflarea lui fetidă. Într-o dimineață o să ajungă negreșit în pragul casei voastre, și o să vă lase o singură ieșire: să plecați, luându-i cu voi pe cei care vă sunt dragi.

Inima

Zabel spunea: Nu sta culcat pe partea stângă, face rău la inimă – a ta și a mea, că doar și eu stau pe partea stângă când stai tu.

— Lucrezi la policlinică și crezi în tot felul de prostii! se burzuluia Arto, întorcându-se pe dreapta.

— Nu cred, dar străbunica m-a învățat din copilărie să nu stau culcată pe inimă, se dezvinovățea Zabel.

Îi plăcea să doarmă, cum zicea chiar ea, „în scoică", dacă el stătea pe o parte, atunci se așeza și ea la fel, îl îmbrățișa, se cuibărea tandru și îi respira în spinare.

Ai făcut și burtă, spunea Zabel, dacă aș fi o furnică nu mi-ar ajunge o viață întreagă s-o străbat dintr-o parte într-alta, m-aş târî, o furnică bătrână şi căruntă uite-aici – îl împungea în buric, el tresărea, temându-se să nu fie gâdilat, ea râdea, zgomotos şi molipsitor, şi adăuga, înecându-se de râs: M-aş târî aici, şi, cu sentimentul datoriei împlinite, mi-aş da sufletul Domnului.

— Nu mai spune asta! se supăra Arto.

— Că eşti gras?

— Că ţi-ai da sufletul!

— Dragul meu. Ah, dragul meu!

— Ce-i?

— Te iubesc, uite ce-i.

Zabel spunea: Închipuie-ţi, dacă în ziua aia n-ai fi intrat la mine, ci în cabinetul vecin, la Ţivinanţ Ninik, că şi ea e o asistentă bună, şi are mână uşoară – ştie să facă aşa nişte injecţii, că nici nu simţi, şi e de o mie de ori mai frumoasă ca mine, nu-i mai frumoasă? spunea Zabel, bosumflându-se şi umplându-se de necaz.

Arto se străduia să-şi ţină faţa încremenită, ca să nu-şi trădeze amuzamentul.

— Da, n-am avut noroc.

— *Dmbo*[1]! riposta ea pe loc.

— Nu ştiu pe nimeni mai frumos ca tine! se corecta el grăbit.

---

1. Prost, tălâmb (arm.). (N. a.)

— Da?

— Da.

Ei, uite, suspina Zabel ca un copil care e gata să plângă, dar a reușit fără greutate să-și uite lacrimile, închipuie-ți ce-ar fi fost dacă n-ai fi intrat la mine. Nu ne-am fi cunoscut, nu ne-am fi îndrăgostit unul de altul. Nu ne-am fi căsătorit. N-am trăi acum în casa asta de piatră. Nu te-aş fi hrănit cu mâncarea asta – apropo, e gustoasă?

— Păi cum să-ți spun? Parcă n-ar fi chiar așa de gustoasă... tărăgăna Arno.

— Nu-i chiar așa de gustoasă, de-aia ți-ai mai luat o porție? Ia pune-o înapoi în cratiță, nerecunoscătorule!

El o cuprindea într-o îmbrățișare și o săruta pe adâncitura de culoarea mierii a cefei – E gustoasă, *dmbla-djan*, e gustoasă!

— Aha, aha!

Zabel spunea: Cum poate un singur om concret, absolut compact și de-a dreptul minuscul la scara Universului să ocupe întreg spațiul vieții mele? Cum, și, mai ales, de ce? Din încăpățânare, pesemne. Din dorința de a enerva. Sau chiar de a-mi face rău! Și se uita în așa fel, încât lui Arto i se topea inima de duioșie și dragoste.

— Iar eu te ascult și înțeleg cum e, când e, fericirea. Te ador, singură, concretă, absolut compactă și de-a dreptul minusculă la scara Universului pricină pentru fericire, șoptea el.

Făcuseră cunoștință într-un ianuarie înghețat – Arto, care răcise zdravăn, se alesese cu o criză de lumbago, se dusese la doctor, apoi intrase în sala de proceduri pentru injecțiile prescrise, iar acolo era ea – ușor rumenă, cu ochi căprui radioși, cu o claie de păr roșcat atât de deasă, că te întrebai cum de reușește s-o îndese sub boneta medicală. El s-a fâstâcit și, inventând grăbit un pretext stupid, a vrut să iasă, dar ea, dându-și seama că se rușinase, i-a spus că și cealaltă asistentă e tot tânără, așa că nu are încotro. Chiar că n-am încotro, și-a ridicat el mâinile, capitulând. Ea l-a prevenit că o să-l doară, fiindcă, pe lângă altele, îi fusese recomandat un complex de vitamine, și vitaminele sunt întotdeauna dureroase.

— O să răbdați? a întrebat ea.

— Câte n-a răbdat fundul meu!

S-a întins, și-a lăsat un pic în jos pantalonii, ea a încercat să-i tragă mai jos, dar el n-a lăsat-o – ori aici, ori deloc. După injecții, care s-au dovedit într-adevăr dureroase, ea nu i-a dat voie să se ridice – mai stați întins măcar vreo zece minute, așa trebuie. El s-a supus, dar mai întâi și-a tras pantalonii, gemând. Ea a râs – da' ce rușinos sunteți! Sunt cum sunt, a mormăit el.

Spre sfârșitul tratamentului părea că știu totul unul despre celălalt. Ea era din Karabah, din Karin-Tak, stă cu chirie la Jemanjanț Katinka (Știi de ce-i zice Jemanjanț? Bunicul lor francez era mare mâncău și, la orice oră din zi l-ai fi chemat, răspundea: *Je mange!* Adică „mănânc"! Șugubeți mai sunteți voi, berdenii! – Păi tu ce credeai?). El învăța la seral la Facultatea de Agronomie și își câștiga banii la atelierul de croit pantaloni. (Nu te uita că am mâini neîndemânatice, de fapt cos foarte bine. – Ești foarte lăudat, am auzit. – Chiar foarte? – Îmhm! Dar de ce roșești? – Da' tu de ce mă faci să mă rușinez cu atâtea laude?)

A cerut-o de nevastă în aprilie, s-au căsătorit în iunie, îndurând cu greu nerăbdarea în mai, și totul din respect față de memoria străbunicii, care susținea că în mai nu trebuie să te căsătorești, fiindcă n-o să iasă nimic bun din asta, că doar „mai-vai".

La sfârșitul verii Zabel a plecat să-și viziteze familia, iar după două săptămâni satul ei a fost înconjurat. Înrolându-se voluntar, Arto a luptat cu detașamentul lui acolo îndelung și fără succes.

Odată, după o bătălie cumplit de grea, au reușit să străpungă încercuirea, dar numai pentru a se afla pentru puțină vreme la marginea satului Karin-Tak. Arto a văzut prin binoclu cum în curțile caselor care supraviețuiseră bombardamentelor erau întinse la uscat rufe spălate cu grijă – cămășuțe, salopete, căciulițe, scutece. Cum se întindeau spre cer fuioare subțiri de fum – gospodinele aprindeau cuptoarele, ca să apuce să pregătească masa înainte de următorul bombardament. Cum, aplecându-se jos, ca să nu fie nimeriți de gloanțe, bărbații alergau de la o casă la alta. Câinii tăceau, dar ciripeau păsările și cocoșii cântau des, aducând haosul în această amiază mută de septembrie cu polifonia lor sălbatică. Roiau în aer albine, bâzâind necontenit, ți se învârtea capul de la mirosul pătrunzător al florilor de câmp, în depărtare, trezit de ploaia iute a dimineții, cânta râul. Arto a lăsat furios binoclul la o parte – cât de fără sens poate părea frumusețea naturii în război!

Să intre în Karin-Tak au reușit abia spre sfârșitul toamnei. Peste noapte, împrejurimile fuseseră acoperite cu zăpadă și erau cufundate într-o ceață de nepătruns – la adăpostul ei au și ajuns acolo, străbătând fără pierderi încercuirea inamică. La intrarea în sat, chiar pe marginea micii văi, au dat peste niște cadavre desfigurate, înnegrite de foc. Nu era timp să-i deosebească pe ai lor de ceilalți, așa că i-au luat pe toți – ai lor aveau să fie îngropați, ceilalți la fel – partea cealaltă nu arătase mare interes față de propriii morți – au pierit și gata. Apucând armele, au tras doar trupurile până la periferia satului – spre dimineață, ceața picurase stropi mici, umezi, transformând pământul gras, presărat cu cruste de zăpadă într-o mlaștină de netrecut. După ce au așezat trupurile la rând – sătenii aveau să le aleagă mai târziu –, au dat să plece mai departe, dar Arto s-a oprit brusc, zărind la unul care zăcea chiar în capăt o șuviță roșcată cunoscută, s-a prăbușit în genunchi, a luat un pumn de zăpadă întărită care se topea, a spălat, înfrângându-și groaza, fața de nerecunoscut din cauza funinginii și părul pătat de noroi și a început să urle – înfricoșător și gutural, nepricepând încă nenorocirea care se abătuse asupra lui, dar deja sufocându-se sub povara ei de neîndurat. Era Zabel a lui: tunsă scurt, slabă, piele și os, în niște cizme soldățești butucănoase și un veston bărbătesc grosolan. Draga mea, ah, draga mea, a strigat-o el, mișcându-și cu efort limba și simțind cum răsuflarea-i înghețată îi amorțește buzele. I-a răsfrânt gulerul cămășii, lipindu-și fruntea de adâncitura cefei. A zărit în degetele înțepenite un petic de țesătură, l-a smuls cu greutate și a recunoscut o bucată din cureaua genții sanitare. S-a întins alături, s-a ghemuit așa cum îi plăcea ei și a închis ochii. A ascultat durerea care i se răspândea în corp. Străbunica lui Zabel se înșelase: pe partea dreaptă inima te doare la fel de mult ca pe stânga, ba poate chiar mai tare.

Tăcerea

Apa trebuia neapărat să se așeze. După ce a clătit bine carafa de sticlă, Ninik a umplut-o până la gât, i-a pus dopul și a așezat-o la umbră și răcoare. Pe fundul carafei a zăngănit încet moneda veche de argint care curăța și binecuvânta apa. Încingând untul până când a început să scoată un fum deschis la culoare și punându-l deoparte să respire și să facă o crustă alburie fină, Ninik a tăiat o pâine de țară grosolană în felii groase și a măsurat o cană de pohindz. După ce a aprins focul în cuptor, a pus ceainicul, care a fiert repede, scoțând un șuvoi de abur dens pe trompa ciobită și fluierând răgușit. Era o treabă ușoară: să toarne peste apa fiartă încă pe-atât apă obișnuită, s-o săreze, să toarne înăuntru făina, fără a lăsa să se formeze cocoloașe, să amestece cu o spatulă de lemn, s-o pună pe foc, s-o dea în clocot și s-o lase să fiarbă un minut-două. Luând cratița cu pohindz de pe foc, Ninik a făcut vânt suprafeței încinse a cuptorului cu o cârpă curată și a pus feliile de pâine pe ea. Cât se rumenea pâinea, a fiert un ceai de cimbru și a adus din pivniță brânză moale de capră. A tăiat o bucățică de fagure, străduindu-se să nu înfigă prea adânc cuțitul, ca să nu curgă mierea. A pus un șervet de in pe tava grea de alpaca. A așezat în teanc feliile de pâine crocante și, ca să nu se răstoarne, le-a sprijinit cu ceașca de ceai, aranjând alături farfurioara cu brânză și miere. A mutat pohindzul într-o farfurie adâncă, a trasat pe el niște dungi cu latura lingurii, a turnat deasupra untul topit și răcit – acesta s-a topit din nou și a curs în pârâiașe vesele peste cașă. A luat tava, pășind cu grijă și uitându-se mereu la picioare. A trebuit să deschidă ușa bucătăriei împingând-o cu șoldul. Ceaiul s-a clătinat, lăsând două pete mici și întunecate pe șervet. Ninik s-a mustrat că avea memoria așa de scurtă – doar în fiecare dimineață își reamintește să lase ușa deschisă – și uită. Scândurile podelei au scrâșnit prelung sub tălpile ei. Draperiile vechi se legănau la ferestre mișcate de curent. Bătrânul ceas ticăia sârguincios, măsurând timpul – nimeni nu mai știa exact câți ani avea. Mama îi povestise că le rămăsese de la Jamanț Vaghinak, care cu aproape un secol în urmă venise să-i ceară mâna străbunicii ei Anait. El avea pe atunci optsprezece ani, ea – cincisprezece, el era un flăcău voinic, cu umerii lați, un adevărat *pahlevan*[1], ea era cea mai frumoasă fată din Berd, dar l-a refuzat, deși îl plăcea și chiar îi promisese cu o zi înainte, la izvor, că o să se mărite cu el, îi dăruise și o fotografie cu ea, dar uite că acum l-a refuzat – și el a plecat, necăjit, nici nu și-a mai luat ceasul – unde s-a mai văzut să-ți iei înapoi cadourile; n-a mai vorbit niciodată cu ea și nici nu-i mai răspundea la salut, ci, dacă se întâlneau pe stradă, trecea pe partea cealaltă sau făcea pur și simplu cale întoarsă, mai târziu s-a însurat cu Malinanț Varinka, au făcut doi băieți, a pierit în Primul Război Mondial. În buzunarul de la piept, printre fotografiile copiilor, a fost găsită și fotografia lui Anait, pe jumătate ștearsă, mirosind a sudoare bărbătească și a tutun, Varinka a primit-o la

1. Bogatâr, un bărbat care are multă forță. (N. a.)

înmormântare, i-a adus-o și i-a întins-o peste prag, n-a vrut să intre în casă, a aruncat doar cu amărăciune că și mort o iubește pe Anait mai tare decât pe propria-i soție, nu se îndoia de asta, fiindcă simțea cu inima și știa. În familia lui Ninik se spunea că ceasul acela are exact atâția ani câți avea și inima frântă a lui Jamanț Vaghinak, și așa o fi, se gândea de fiecare dată Ninik, ascultându-i bătăile sacadate, străbunica nu mai era de mult, nici Vaghinak nu mai era, dar martorul vieții lor netrăite încă măsoară timpul, calm și distant, fără a participa la evenimentele triste de acum aproape un veac.

Vântul care se stârnise peste noapte trântea obloanele de lemn și șuiera în coșul sobei, aducând în casă un fum de lemne dulceag. Presimțind apropierea lapoviței, cocoșii țipau agitați, pe gardul vecin se instalase un stol întreg de scatii cu aripi galbene: când venea gerul, întotdeauna își părăseau căminul și zburau la gurile râului, să ierneze la căldură. Ninik a zâmbit, remarcând în sinea sa cu câtă sumbră concentrare privesc scatiii în față, de parcă ar vedea ceva ce nu le era dat să vadă nici ei, nici cocoșilor guralivi alarmați de frig, nici vântului înfiorat, purtând mirosul respirației înghețate a munților.

Mama zăcea în ultima cameră, cea mai caldă și mai luminoasă, de la fereastra căreia se vedea păduricea de chiparoși, Ninik fugea deseori acolo când era mică, stătea sub copaci, le inspira aroma pătrunzătoare, rostogolea în palme conurile foșnitoare, le gusta și se încrunta, simțind în gură o amărăciune cumplită, apoi își sufla multă vreme în degete, reînviindu-și în memorie mirosul jilav al pământului presărat cu ace ca niște solzi. Când mama ei a slăbit de tot, Ninik a dus-o în brațe în camera aceea, plângând de spaimă – mama ei ajunsese numai piele și os și nu mai cântărea aproape nimic, prin părul cărunt rărit se zărea pielea subțire, fără viață, ochii i se întunecaseră și pe chipul ei cândva frumos, acum albit de durere nu se mai vedea nimic în afară de o suferință fără sfârșit. Ninik o ținea minte altfel – impetuoasă și neclintită, neacceptând părerile altora sau greșelile ei. În Berd i se spunea *thamard ahcik* – bărbatul-fată, și nu se putea spune dacă în această adresare era mai mult respect sau mai multă acuzare: fiecare berdean avea propria părere pe această temă. Mama își crescuse cele trei fete singură, fiindcă la un moment dat se certase pe veci cu bărbatu-său, îl dăduse afară din casă și nu-l mai primise niciodată. Întrerupând comunicarea nu numai cu el, ci și cu toate rudele lui, refuza orice ajutor, nu primea bani și nu lua coșurile cu fructe alese lăsate pe prag – soacra ei avea o livadă imensă, în care știa să cultive până și ceea ce nu creștea în ținuturile astea zgârcite cu recoltele. Fetelor însă nu le interzisese să comunice cu rudele din partea tatei, ba chiar le trimitea în vizită pentru câteva zile, dar nu le întreba niciodată cum își petrecuseră timpul și le reteza scurt orice încercare de a povesti. Cadourile pe care le primeau le arunca apoi fără milă. Ninik nu putea să uite cât de tare plânsese sora ei mai mare când mama lor o pusese să-și scoată jeanșii scumpi primiți cadou când împlinise cincisprezece ani. „Tu n-o să-mi cumperi din ăștia!" plângea ea, implorând-o să nu i-i ia. „Bineînțeles că n-o să pot, cu un salariu de profesor nu-ți prea permiți să te răsfeți", răspunsese mama cu o neclintire de piatră și se dusese să arunce jeanșii în latrină. Sora ei făcuse atunci febră mare și mama o îngrijise cu devotament, dar la acuzațiile aruncate cu obidă de o altă fiică, anume că se îmbolnăvise din vina ei, nu făcuse decât să ridice din umeri – ziceți ce-oți zice, că tot după voia mea o să fie.

Motivul pentru care se certaseră părinții ei n-a reușit să-l afle niciodată – la vremea când fetele crescuseră destul ca să vrea să priceapă ceva, tatăl era mort, mistuit de o boală incurabilă, iar mama răspundea la orice întrebare printr-o tăcere de nepătruns.

Fetele mai mari, neîmpăcându-se cu caracterul ei dificil, s-au măritat îndată ce-au terminat liceul. Amândouă, rupând legătura cu casa părintească, trăiau la oraș, telefonau rar și cu mama lor vorbeau fără tragere de inimă, respectuos, dar rece. Aflând de boala ei, trimiteau bani, dar nu se arătau niciodată dornice s-o viziteze. De altfel, Ninik nici nu le chema, știa că n-o să vină, moșteniseră amândouă firea dură a mamei, intransigența și mânia rece, nimicitoare, așa că și trăiau, ca ea, alimentându-și supărarea și nevrând să știe nimic în afară de ea. Numai Ninik crescuse asemenea liniștitului și tăcutului ei tată, blândă și delicată, ea era mereu aproape, nu-și contrazicea mama și se străduia să-i facă pe plac. Și la înfățișare semăna cu el: era înaltă, cu părul și ochii închiși la culoare, cu niște gropițe înduioșătoare în obraji. Mama uneori îi reproșa asta, dar Ninik își desfăcea brațele neputincioasă: Ce să-i faci, una dintre noi trebuia să-ți amintească de el, de ce nu eu?

Acolo, în pădfuricea de chiparoși, unde-i plăcea să-și petreacă timpul în copilărie, Ninik s-a sărutat pentru prima dată cu Jamanț Horen, strănepotul acelui Vaghinak a cărui dragoste o respinsese străbunica Anait. Păduricea a devenit locul întâlnirilor lor scurte și trecătoare – după ce pierduse controlul asupra fiicelor mai mari, mama își revărsa toată afecțiunea egoistă și sufocantă asupra celei mici, îi urmărea fiecare mișcare, o conducea și îi ieșea în întâmpinare aproape la minut – la vremea aceea, terminând școala de surori medicale, Ninik se angajase la policlinică, și mama era geloasă și îi făcea zile fripte, plângându-se că nu-i dă destul atenție de fiecare dată când întârzia la lucru. De aceea se și întâlnea Ninik cu Horen în păduricea de chiparoși – știindu-i obiceiul din copilărie de a-și petrece timpul acolo, mama nu se neliniștea prea tare și o lăsa să se ducă. Singura dată când Ninik a riscat să-și impună voința și să i se împotrivească a fost când a hotărât să se mărite. După îndelungi scandaluri, mama a cedat, făcând-o pe fiică să-și dea cuvântul că o să locuiască la ea. A îndurat prezența ginerelui strângând din dinți, la orice întrebări răspundea cu o tăcere rece, ieșea din cameră când intra el, fără a-l învrednici măcar cu o privire. Horen reacționa la ostilitatea ei cu umor, numind-o ironic *matușka*, îi punea întrebări și, fără să aștepte răspuns, făcea totul pentru ea; Ninik ba râdea, ba îl dojenea, dar înțelegea în sinea ei că, dacă-i era dat cuiva să se descurce cu maică-sa, acesta nu putea fi decât un nou bărbat în familie. De altfel, asta înțelegea nu numai Ninik, ci și mama ei, așa că nu-i făcea nici o concesie ginerelui, și nici nu avea de gând.

Războiul a izbucnit când abia sărbătoriseră un an de la nuntă, l-au luat pe Horen aproape imediat, Ninik încremenea de o suferință cu neputință de îndurat ori de câte ori își amintea cum, speriată de bătaia zgomotoasă în ușă – berdenii nu obișnuiau să bată, deschideau ușa și-i strigau pe stăpânii casei –, a ieșit în hol, știind deja că se întâmplase ceva ireparabil. Îi răsuna și acum în urechi vocea solemnă a maică-sii – nu degeaba n-am vrut s-o las să-l ia de bărbat, simțeam că n-o să iasă nimic bun din asta! Măcar acum taci! i-a retezat-o scurt Ninik, a trecut pe lângă ea, îmbrâncind-o intenționat cu umărul, s-a împiedicat, s-a prăbușit pe podea, străduindu-se să se răsucească în cădere astfel încât să nu-și lovească pântecul rotunjit, s-a târât, ajutându-se cu mâna, s-a izbit cu capul de un colț al canapelei și a rămas nemișcată. Fiica i s-a născut în primăvară, o fetiță drăguță, cu ochi mari, păr închis la culoare și gropițe în obraji. Ninik i-a pus un nume inventat – Horeni –, în memoria tatălui ei; pufnind, mama ei își striga nepoata cum îi venea, dar o iubea ca pe lumina ochilor și lua toate grijile asupra ei – Ninik era nevoită să lipsească zile în șir, erau atâția răniți în spitalul militar organizat în grabă, încât stătea acolo zi și noapte. Fetița a crescut liniștită și iubitoare, la nouă luni deja mergea și gângurea, își recunoștea bunica și se bucura din tot trupul – se arcuia, întinzându-și mânuțele și piciorușele durdulii. Odată, după ce și-a hrănit și schimbat de scutece nepoata, bunica a pus-o la culcare, iar ea a hotărât să treacă puțin pe la o vecină. Când s-a întors, copilul nu mai respira – se înecase, regurgitând laptele.

Ninik a ajuns în camera din fund când ceasul lui Jamanț Vaghinak, tușind greoi, a bătut ora opt. Mama ei stătea întinsă, acoperindu-și ochii cu cotul îndoit. Auzind scârțâitul ușii, a luat mâna de la ochi și s-a ridicat. Ninik a pus tava cu micul-dejun pe noptiera de lângă pat, s-a aplecat, a sărutat-o pe frunte, pe ochi. A dat în lături perdelele și a deschis ferestruica, lăsând să pătrundă aerul proaspăt al dimineții. Cât s-a dus ea după apă de spălat, mama ei a plâns ca de obicei – în tăcere, fără suspine și vaiete. Ninik a adus în cameră un lighean emailat cu apă caldă, a udat un prosop, l-a stors cu grijă, a dezbrăcat-o pe mama ei și i-a șters trupul slăbit și transparent. A îmbrăcat-o cu o cămașă de noapte curată, pe cea veche a aruncat-o sub pat – avea s-o spele mai târziu. A ajutat-o să se așeze mai bine, îndreptându-i pernele la căpătâi astfel încât să se sprijine comod. S-a apucat s-o hrănească ca pe un copil, adunându-i grijulie rămășițele de cașă de la colțurile gurii cu marginea lingurii. A înmuiat o bucată de pâine în brânza moale, a tăvălit-o prin miere, dar maică-sa a scuturat din cap – se săturase. Ninik i-a adunat firimiturile de pe cămașa de noapte, i-a turnat apă proaspătă și a așezat paharul în așa fel încât să-i fie mai ușor să ajungă la el. A lăsat carafa pe noptieră – pe fundul ei scânteia mat moneda veche de argint. A ieșit, închizând bine ușa după ea. Astăzi la prânz o să fie supă țărănească de găină cu orez și gălbenuș de ou, aromată din belșug cu coriandru tocat mărunt – mamei îi place foarte mult. La cină Ninik o să coacă o *sali* – pe un aluat subțire, în straturi, presărat cu zahăr. Sosise deja timpul să se ocupe de ea – era o treabă complicată.

Mai întâi a pus găina la fiert, apoi a frământat aluatul și, acoperindu-l cu un ștergar, l-a pus deoparte să respire. Cât a măcinat ea *es* – umplutura de plăcintă din făină și unt topit –, în camera din fund cu vedere spre păduricea de chiparoși mama ei a plâns neauzit. Din ziua morții copilei, Ninik nu mai schimbase nici o vorbă cu ea. Nu-i reproșa, n-o învinuia. Avea grijă de ea, care căzuse la pat de suferință, cu devotament, cu dragoste. Își purta durerea cu tăcută, resemnată demnitate. Și tăcea, tăcea, tăcea.

Râsul

— Pesemne că tare te-a pătruns frigul! a plescăit supărată bătrâna Ehizabet, înfofolindu-și nepotul într-o pătură groasă din lână aspră de oaie. Lui Suro îi clănțăneau dinții, își sufla peste degetele înțepenite, stătea ghemuit cu genunchii lipiți de burtă și cu capul înfundat în pernă – și tot nu se încălzea. Ehizabet i-a pus dosul palmei pe frunte, să vadă dacă are temperatură și a oftat ușurată – nu părea să aibă; l-a ajutat să-și pună *gulpa* în picioarele înghețate și i-a mai pus deasupra o pătură, băgând cu grijă marginile sub el.

Soba încinsă trosnea, trimițându-și pe podea strălucirea pâlpâitoare a flăcărilor. Ehizabet a deschis ușița, a răscolit cu vătraiul buștenii aprinși, făcând un pic de loc, și a băgat înăuntru două cărămizi. A scos din cufărul cu albituri un cearșaf vechi, l-a rupt în două, și fiecare jumătate în alte câteva bucăți. Cu ajutorul vătraiului, a scos cărămizile fierbinți, le-a înfășurat în cârpe și le-a pus sub picioarele nepotului ei. Acesta și-a lipit strâns tălpile de pietre, întinzând nasul să adulmece mirosul de țesătură apretată cunoscut din copilărie.

— *Țavd tanem*, Suro-*djan*, a șoptit Ehizabet, aranjând din nou pătura. Tu stai aici, iar eu o să-ți pregătesc o băutură de leac.

A presărat în ceainic un pumn de cimbru și mentă uscate și a turnat deasupra apă clocotită. După ce le-a lăsat să se infuzeze, a adăugat trei linguri de dulceață groasă de coarne și a amestecat. A turnat lichidul prin sită într-o ceașcă. S-a așezat pe marginea divanului și a ridicat cu grijă marginea păturii. Suro s-a ridicat într-un cot, a întins buzele și a sorbit cu sete, frigându-se. Schimbându-și poziția, s-a împotmolit – mâneca goală a cămășii, care se răsucise ca o funie și-i intrase sub șold, îl incomoda. Ehizabet a tras-o de acolo și a îndreptat-o.

— Mai bine le-ai tăia și ai face cârpe din ele, s-a oțărât Suro, că tot atârnă degeaba!

— *Bala-djan*[1], te-ai gândit bine înainte să-mi spui așa ceva? i-a întors-o ea supărată.

El a pufnit, apoi a tăcut. A luat ceașca, ținând-o neîndemânatic de toartă cu degetul arătător, ea i-a lăsat-o fără să protesteze, dar și-a pus cu grijă dedesubt palma uscățivă făcută căuș.

— N-o s-o vărs, nu-s copil mic, s-a stropșit fără răutate Suro.

Ehizabet nu s-a supărat, dar nici n-a luat palma.

— Te-ai încălzit? a întrebat ea, mângâindu-i părul ciufulit.

El a vrut să se ferească, dar n-a făcut-o, ca să n-o supere.

— M-am încălzit.

— Unde ați stat atâta vreme?

— În Cinari. Am nimerit sub bombardament. Am mers apoi cu geamurile sparte. Mașina, slavă Domnului, n-a avut mult de suferit, trebuie refăcută doar o aripă și înlocuite parbrizul și geamurile laterale. Se trage din greu, dar haotic, n-au știut niciodată să lupte și nici acum nu știu.

— De-aia ați înghețat până la os, dacă v-a bătut curentul în față tot drumul! a clătinat din cap Ehizabet, făcându-se că nu aude observația acidă

1. Copile drag (arm.). (N. tr.)

a nepotului ei despre abilitățile de luptă ale inamicului.

Suro i-a dat ceașca înapoi, făcând o grimasă înduioșătoare:

— Vai, *babo*, vai!

— Mai și râde! Hai, învelește-te. Poate să încălzesc baia, să stai un pic în aburi și să alungi tot răul?

— Mai stau puțin culcat și vedem după aia.

Și-a înfundat capul în pernă și a pipăit cu tălpile cărămizile care, deși deja începuseră să se răcească, erau călduțe încă, trimițându-i în corp o plăcută senzație uscată. Ehizabet s-a ridicat icnind și a luat ceașca s-o spele.

— Să nu arunci coarnele! i-a strigat el.

— Oi fi eu bătrână, dar mințile încă nu mi le-am pierdut, ca să uit că-ți plac coarnele fierte, a chicotit ea.

Construcția de scânduri care servea drept încăpere de serviciu era sub scara ce ducea la verandă. Înainte spălau vasele în bucătărie, dar de când cu războiul totul se schimbase – casa era pe colț, chiar la marginea orașului, și se vedea de dincolo ca-n palmă. Lunetiștii se și distrau vânând la ferestre silueta lui Ehizabet. Sparseseră toate geamurile, făcuseră țăndări vasele. Bărbații făcuseră în grabă niște panouri pe care le atârnau noaptea în ramele goale, dar focul nu înceta, iar gloanțele străpungeau cu ușurință scuturile de lemn. Au fost nevoiți să se mute în partea dinspre nord a casei și să construiască o extensie a bucătăriei sub scara verandei.

Apa era de-a dreptul înghețată, dar Ehizabet nu s-a dus după apă caldă – ceașca putea s-o clătească și cu apă rece. S-a ridicat pe vârfuri, a scos placa de tablă care slujea drept capac pentru rezervor și a verificat nivelul apei. Pentru ziua aceea ajungea, dar de dimineață va trebui să mai aducă. După ce a spălat ceașca, n-a pus-o pe raftul la îndemână din dulapul de veselă (pe raftul acela erau păstrate vasele cel mai des folosite, de aceea era așezat la o înălțime potrivită ca să se ajungă ușor în orice colț al lui), ci, rotind-o absent în mâini, a băgat-o în buzunarul șorțului.

A trecut să vadă ce face Suro – acesta dormea cu gura deschisă. „Foarte bine", s-a gândit mulțumită Ehizabet: un somn adânc avea întotdeauna un efect binefăcător asupra nepotului ei – încă din copilărie avea capacitatea uimitoare de a se vindeca de răceală pur și simplu dormind bine. Crăpând doar un pic fereastra, ca încăperea să fie aerisită de dogoarea cuptorului, s-a dus la ea în cameră.

Telefonul stătea pe o măsuță, lângă televizorul vechi. Ehizabet l-a luat încet, ținând de fir, ca să nu calce pe el din greșeală. Lăsându-l pe pervaz, s-a întors să ia un scaun. L-a pus în așa fel încât să se așeze cu partea stângă spre fereastră. A scotocit în buzunarul șorțului după ochelari, a găsit acolo ceașca și s-a dojenit că era atât de zăpăcită. Punându-și ochelarii pe nas, s-a apucat să apese cu un aer important butoanele telefonului, minunându-se pentru a nu știu câta oară cât de simplu devenise acum să formezi un număr. Înainte, până învârteai discul trecea jumătate de zi, iar acum poc-poc-poc și gata, după câteva sunete scurte se aude vocea răgușită a lui Makaranț Teimine, care mereu ghicea ca prin farmec cine o sună.

— Ehizabet, tu ești? nu s-a înșelat ea nici de data asta.

— Cum ai ghicit că eu sunt? s-a mirat ca de obicei Ehizabet.

Teimine a râs mulțumită.

— Am simțit. Ce mai face Suro?

— Doarme. Dar Kolik al tău?

— A dus mașina la reparat. Au tras în toate geamurile în afară de cel din spate. Pe dreapta au rămas câteva urme de gloanțe. Au țintit în cauciucuri, dar n-au nimerit.

În receptor s-a așternut o tăcere apăsătoare. Era peste puterile lor să vorbească despre soarta pe care ar fi avut-o nepoții lor dacă fie și un singur glonț ar fi nimerit în roata mașinii. Uite, Zakinanț Martiros s-a întors nu demult din prizonierat. Într-o asemenea stare, că fiică-sa leșinase când îi văzuse rănile.

— Măcar de-ar construi un drum sigur, care să nu fie de-a lungul graniței, a oftat Teimine.

— O să construiască de n-o să mai poată. Se îneacă în bani pentru drum, dar n-o să-l facă! a replicat cu amărăciune Ehizabet, referindu-se la guvern, care de nu știu câți ani amăgea oamenii cu promisiuni false.

Prin hârâitul receptorului s-a auzit cum Teimine oftează adânc de câteva ori.

— Nu-i nimic, a răspuns ea în cele din urmă, după faptă, și răsplată. Și unora, și altora.

Ehizabet a făcut un gest grăbit cu mâna, parcă alungând o muscă sâcâitoare. A lovit ceașca, aceasta a zburat de pe pervaz și, izbindu-se cu zgomot de podea, s-a spart în două jumătăți egale.

— Nu cred eu în dreptate, Teimo! Nici în răsplată nu cred. Pentru ce-a suferit Suro al meu? Și-a pierdut familia în bombardament, trăiește beteag – o mână i-a fost smulsă de explozie, cealaltă e schilodită. Ai văzut și tu cum adună ierburi cu degetele lui urâțite, cât de greu se chinuie ca să avem ce mânca și el, și eu. Sau nefericitul tău Kolik? Mai întâi și-a îngropat nevasta, apoi fiica mai mare. A trebuit să meargă la oraș pe drumul ăsta blestemat, potopit de bombe, ca să cumpere materiale pentru reparat încălțămintea. Pentru ce suferă? Sau bietul Arto, care-o plânge și-acum pe Zabel a lui? Chiar i-am făcut o aluzie, zic, de ce să te-ngropi de viu, curteaz-o pe Ninik, e fată bună, luați-vă cât sunteți încă tineri, faceți copii, fiți fericiți. Dar el a dat din mână – ce copii, când te doare sufletul în halul ăsta? Uite, spune-mi tu: pentru ce suferă copiii și nepoții noștri? Și pentru ce fapte bune se îndoapă nenorociții ăia de la putere?

— Fii mai atentă cu astfel de vorbe, Ehizo, s-a neliniștit Teimine.

— De ce?

— S-ar putea ca ălora de la putere să nu le placă.

— Căca-m-aș în capul lor! a zis cu năduf Ehizabet. Nu le plac vorbele mele? Căca-m-aș în capul lor în fiecare dimineață. Și în fiecare seară! Clar?

— Clar, ce să nu fie clar, a răspuns calm Teimine.

Ehizabet a trântit receptorul de pervaz, s-a aplecat, a ridicat niște firimituri de cașă și le-a ascuns în buzunarul șorțului. A dus iar receptorul la ureche.

— Și ce ți-e clar, mă rog? a întrebat, trăgându-și sufletul.

— Mi-e clar că te duci la privată să faci treabă mare ca la serviciu, în fiecare dimineață. Și dacă te supără, poți să te duci și seara.

Au râs, ștergându-și lacrimile cu marginea mânecii. Ehizabet – șezând la fereastra casei sale de la marginea bombardată a Berdului, Teimine – în holul casei sale, în care, poate, scăpa de focurile lunetiștilor, fiindcă se afla în capătul celălalt al orășelului, în schimb se trezea deseori sub bombardamente: că doar acolo unde nu ajungeau gloanțele, ajungeau invariabil, fără greș, obuzele.

Imortelele

— Chih-ca, chih-ca, chih-ca, chih-ca, răsuna cu iritant ecou țipătul bibilicilor pestrițe. Clătinându-se de pe un picior pe altul, se plimbau printre rândurile de cartofi, căutând gândaci dungați de Colorado. Spre deosebire de alte păsări domestice, bibilicile nu stricau straturile, așa că Așhen le dădea drumul liber în grădină, încercând, ce-i drept, să nu le scape din ochi – poate că nu stricau straturile, dar ciuguleau lăstarii tineri de verdețuri de trebuia după aceea să se ducă după ele la vecina Vardanuș. Parcă auzindu-i gândurile, lângă trecerea prin gard s-a ivit însăși Vardanuș – o femeie scundă, bine zidită, cu o rumeneală nesănătoasă în obrajii umflați. Privind-o aspru pe Așhen cu ochii ei albaștri-tulburi și nerăspunzându-i la salut, a continuat să-și mături curtea. Așhen a ridicat din umeri, dar n-a dojenit-o pe vecina ei pentru lipsa de respect – ce rost are să-i explici unui om mare lucruri simple. În Berd se obișnuia să răspunzi la „bună ziua" cu un politicos „Salutul tău îi aparține Domnului", și, dacă Vardanuș nu are ce să-i spună nici măcar Creatorului, cum ar putea să se supere pe ea simplii muritori?

Vecina a râcâit multă vreme fundul uscat al curții, ridicând nori de praf. „I-a fost lene să stropească pe jos și înghite mizerie", a oftat Așhen și și-a întors privirea la bibilicile care scurmau printre cartofi – două dintre ele ajunseseră la chitru și acum, chihăind neobosite, îi ciuguleau frunzele ici și colo. „Ce pasăre proastă", s-a gândit Așhen în treacăt, dar nu le-a gonit – chitre proaspete nu mai avea cine să mănânce, iar uscate erau atâtea în pivniță, că ajungeau pentru trei vieți. O să aranjeze mormântul tatei – o să planteze de jur împrejur chitri. O să crească și o să înflorească, când e cald o să aibă un miros iute-picant, iar când e ceață, unul proaspăt-acrișor. Să-i fie lui bine.

Pe podeaua de piatră a verandei, scăldate în lumina blândă a dimineții, se uscau niște crengi de imortele mov. Tatăl ei nu putea să sufere buchetele din plastic care erau la modă, ba nici sorgul nu-l vedea cu ochi prea buni – nu-i de-al nostru, de ce să ne batem capul cu el? Aduna după obiceiul vechi imortele, le lucra cu migală, făcând din ele perii și mături – ieșeau ca niște domnișoare elegante din nord – lungi, cu părul alb, cu flori viu colorate împletite în cosițe. Florile astea se scuturau apoi, lăsând în urmă o dâră vagă de petale ascuțite. Mergeai prin curtea măturată și ziceai că pășești pe un câmp de august uscat de arșiță. Dacă uzi o astfel de mătură, miroase a tot ce respiri mereu din copilărie: a scânduri ude, a prune acre, a frunze de măcriș strivite între degete, a vin pe jumătate fermentat... Eh!

Așhen s-a ridicat, a împăturit cu grijă șalul în care se înfășura dimineața indiferent de vreme și l-a aruncat pe balustrada verandei astfel ca umbra să nu cadă asupra imortelelor. Le-a scuturat și a întors fiecare tulpină, ca să se usuce pe toate părțile. La sfârșitul săptămânii o să poată să se apuce de treabă. N-o să-i iasă ca tatei, firește – la el, după cum spuneau berdenii plescăind admirativ, fiecare măturică era o operă de artă, puteai s-o expui la muzeu. Dar ea o să se străduiască foarte tare, la urma urmelor își privise din copilărie tatăl lucrând. O mătură o s-o păstreze pentru ea, o alta o s-o ducă la cimitir. Trebuie să-l roage pe Mainanț Țatur să-i dea voie s-o păstreze în magazia lui, altfel, dacă o lasă în aer liber, imortelele pot să fie spulberate de vânt sau stricate de ploaie. O să pună un gărduleț și o să curețe aleea care ducea la căpătâi – Așhen o să folosească măturica asta. Cu o zi înainte trecuse pe la atelier să vadă ce iese. Tatei i-ar fi plăcut piatra de mormânt: o lespede neagră pusă în picioare, cu data nașterii și a morții și numele: Martiros Kodjoian. Așhen refuzase portretul – nu apucaseră să facă o fotografie nouă și ea nu voia s-o ia pe cea care apăruse în ziar – acolo tata arăta atât de rău, că ți se strângea inima de durere. Toată viața îl știuse altfel, dar și-l amintește numai așa: tresărind la orice foșnet, un bătrân neputincios murind în chinuri.

— *Et ov es?*[1] exclama el auzind pași și se prăbușea la pământ cu fața îngropată în mâini.

La început îi vorbea și încerca să-l facă să se ridice, dar el nu se lăsa, doar plângea și scâncea, lipindu-se mai tare de podea. Atunci a început să se întindă peste el, acoperindu-i trupul cu al ei și ferindu-l de gloanțele imaginare.

1. Cine ești? (arm.). (N. a.)

— Eu sunt, tăticule, Așhen a ta. Eu sunt, tăticule! îl liniștea ea, simțind cum corpul lui se moaie puțin câte puțin.

El tăcea îndelung, dar apoi, când spaima trecea, începea să șoptească ritmic, ca pe o rugăciune:

— Doamne, sunt acasă. Și asta e fiica mea. Doamne, sunt acasă. Și asta e fiica mea.

Îi lua mâna și o ducea la buze.

— Cum te simți? îl întreba ea.

— Bine, *țavd tanem.*

Dacă s-ar putea muri de durere, Așhen ar fi murit atunci. Stătea întinsă peste tatăl ei, cuprinzându-i umerii cu mâinile și, înghițindu-și lacrimile, îi inhala întretăiat mirosul. Cât fusese prizonier devenise numai piele și os și mirosea a singurătate și disperare. Îl mângâia pe ceafă, pe capul ras, împestrițat de tatuaje – unele erau acoperite de răni supurânde ce refuzau să se vindece, dar se putea vedea desenul: ici, o semilună și o stea, colo ceva scris într-o limbă orientală. Ce s-o petrece în sufletul oamenilor și cât de tare trebuie să-și disprețuiască propria ființă, dumnezeul și părinții, ca să-i facă așa ceva unui bătrân de șaptezeci de ani? se întreba Așhen și nu găsea răspuns.

Tatăl ei s-a stins văzând cu ochii, curând după ce i-au dat drumul. A murit greu, în chinuri, suferind atacuri de panică și dureri cumplite, sufocându-se, pierzându-și cunoștința, sângerând.

— Faceți ceva! plângea de neputință Așhen.

Medicii își desfăceau vinovat brațele în lături: înainte de a fi predat Crucii Roșii, care se ocupa de prizonierii reveniți, tatăl ei primise preparate interzise, împotriva cărora medicina era neputincioasă.

— Faceți ceva! îi cerea Așhen procurorului.

Acesta fuma țigară de la țigară.

— Am făcut deja tot ce stă în puterile noastre: am inițiat un proces pentru răpire și tortură, se încrunta el stânjenit de zădărnicia propriului răspuns și își ferea privirea.

— Dar cineva trebuie să facă dreptate! nu se lăsa Așhen. Cine, dacă nu voi?

Procurorul termina de fumat țigara trăgând de două ori din ea și tăcea. Odată, în timpul unei vizite a ei, a scos din seif un teanc înalt de dosare și i le-a pus dinainte. S-a așezat vizavi, și-a împreunat mâinile în față, una, nu se știe de ce, cu palma în sus, parcă pentru cazul că ea ar fi vrut să-și pună mâna deasupra. Așhen i-a privit palma câteva secunde, i-a observat mecanic linia vieții subțire, a deschis primul dosar, a dat cu ochii de numele Krnatanț Antaram și și-a mușcat buza.

— Poftim dreptate, a zis procurorul zâmbind amar. La câte instanțe internaționale nu ne-am adresat! Nu interesează pe nimeni.

— Și eu cum să trăiesc acum? l-a întrebat ea.

Procurorul a ridicat din umeri și și-a ferit iar privirea.

Așhen nu s-a mai dus la el.

— Cât m-au chinuit, fetițo, se plângea tatăl ei când ajunsese deja complet neputincios. Câte nu mi-au făcut!

— Câte... ți-au făcut? repeta ea ca un ecou, înghețând de groază.

Tata a murit la apus – Așhen tocmai se uita la el ca să se convingă că doarme. Era deja pe ducă, a pierit chinuitor și greu, sufocându-se, agățându-se cu degetele de aer, ochii înfundați în orbite priveau înfricoșător și întunecat, patul era îmbibat de sânge sub el – îi curgea din fiecare por, acoperindu-i cu o peliculă lipicioasă trupul ros de otravă și mistuit până la os.

Primul lucru pe care l-a făcut Așhen după înmormântare a fost să se ducă pe câmpul de unde culegea tatăl ei imortele. Și-a întins șalul și s-a culcat, desfăcând brațele. În jur era așa o pace și o tăcere, de parcă peste lume s-ar fi răsturnat o căruță întreagă de liniște. Deasupra, schimbându-și rapid conturul, pluteau nori denși, albi ca zăpada. „Înseamnă că vine vremea rea dacă păstorul ceresc își mână grăbit turma", s-a gândit Așhen și a izbucnit într-un plâns amarnic. Așa spusese tatăl ei în dimineața aceea nefericită, pe când se pregătea să plece după imortele, privind mișcările de pe cer. Îi luase neobișnuit de mult să se pregătească, era distras ba de una, ba de alta. Așhen chiar îl dojenise – e deja amiază, acuși o să plouă cu găleata, și tu o tot lălăi! Tatăl ei mormăise vinovat o scuză și plecase, uitându-și mâncarea. Ea găsise bocceaua cu sendvișuri pe banca de sub dud și se supărase, dar apoi se liniștise – o să-l rog pe Masis să i-o ducă, e băiat bun, n-o să mă refuze. Masis, firește, n-a refuzat, dar n-a găsit pe nimeni pe câmpul cu imortele. Simțind că s-a întâmplat ceva rău, s-a adresat soldaților, aceștia au pieptănat zona până la fâșia neutră, dar s-au întors cu mâinile goale. După câteva săptămâni a sosit vestea că tatăl ei e prizonier.

Din ziua când el a dispărut, Așhen s-a dezvățat să mai respire cu tot pieptul. Ai săi o sfătuiau să aibă grijă de sănătatea ei, dar ea dădea din mână – n-am de ce să-mi fac griji, o să treacă. Trăia ca și înainte – se ocupa de copii, își aștepta soțul care își petrecea jumătate de lună la graniță. Uneori, când tăia aripile vreunei bibilici neastâmpărate, ca să nu poată să zboare, se gândea că se transformase ea însăși într-o astfel de bibilică – trăiește țintuită la pământ de suferință și de neputința de a se elibera de ea. În ciuda deznădejdii adânci, gândurile despre tatăl ei erau ușoare și luminoase. Acolo, pe acele tărâmuri scânteietoare unde locuiește acum sufletul lui, cu siguranță se află un câmp de pe care să poată culege imortele după voia inimii, fără teama de a fi răpit și omorât în chinuri, nu se îndoia Așhen. Cerurile sunt nesfârșite câmpuri de imortele, albastre-liliachii, fără număr. Pesemne că acum tata știe asta.

Vinovăția

Spre amiază, după ce tunetele furtunii se potoliseră, cerul se curățase de nori și strălucea într-un albastru pur. Vardanuș a deschis larg obloanele verandei, lăsând să intre în casă pentru o clipă sunetul cristalin al aerului. Vântul iute de munte dispăruse la orizont, trăgând după el tivul deșirat al ploii care se rărea. „Chih-ca, chih-ca", lărmuiau după gard, bucuroase de schimbarea vremii, bibilicile vecinei Așhen, stârnindu-i o iritare surdă cu chihăiala lor fără rost. „Lua-v-ar o *ciora*[1] fără leac", le-a urat din inimă Vardanuș, trântind supărată fereastra. Trăgând perdelele decolorate de soare astfel

1. Boală (arm., popular). (N. a.)

încât să nu rămână nici o fantă între ele – încă din copilărie nu putea să sufere dungile oblice trasate de raze pe podea –, a trecut încet, gânditoare prin casă, cercetând-o cu o asemenea vie curiozitate, de parcă ar fi văzut-o pentru prima dată. În antreu, după ce a studiat cu ochi critic divanul de lemn, a bătut pernele, așezându-le într-un șir ordonat de-a lungul peretelui, s-a dat cu doi pași înapoi, le-a admirat frumusețea (în toamna trecută, când își găsise timp, brodase pe ele flori de mușețel și maci, iar acum pernele îi încălzeau inima și îi bucurau ochii cu culorile lor vii). S-a uitat la *mutaki*[1], un fel de *nazir-veziri*[2] – aroganți și neînduplecați, moștenire a îndelungatei stăpâniri persane, care își lăsase amprenta asupra vieții multor familii armenești răsăritene. Ridicând degetul arătător, Vardanuș a îndreptat volănașele și capetele șnururilor argintii. Cuprinzând din nou divanul cu o privire exigentă și declarându-se mulțumită de înfățișarea lui, a plecat mai departe.

În camera de zi era răcoare și sumbru de-a binelea, în colțurile tavanului atârnau moarte pânze de păianjeni. Pe raftul cu cărți stătea un vechi ceas

1. Perne cilindrice pentru divan. (N. a.)
2. Înalți demnitari în Orient. (N. a.)

mecanic cu ecranul mătuit îndreptat spre intrare. Judecând după ora pe care o arăta, se oprise cu câteva minute în urmă. Ridicându-se pe vârfuri cu un icnet, Vardanuș l-a întors în grabă, învârtind cheița aproape până la refuz, dar limbile nu le-a mai mutat (nu era câtuși de puțin nevoie de asta – avea un simț uimitor al timpului și ghicea fără greș ora). Ceasul era necesar pentru altceva: ticăia – tare și, pare-se, chiar cu emfază, umplând cu un zgomot salvator liniștea apăsătoare a încăperilor. În ciuda singurătății sale îndelungi și mohorâte, Vardanuș se temea de moarte și își dorea să existe cât se poate mai mult, de aceea întorcea ceasul, convinsă că viața continuă atâta vreme cât cineva îi măsoară curgerea.

În dormitorul fiului ei n-a intrat – acolo nu avea ce face și la ce se uita: o cameră ca oricare alta – o comodă cu oglindă ovală, acoperită de pete albicioase, un pat acoperit cu o pătură de lână, un șifonier gol-goluț, doar pe raftul de sus stă un halat de pânză uitat de fosta noră, Vardanuș voise de câteva ori să i-l trimită, dar apoi se răzgândise – dacă ar fi avut nevoie de el, noră-sa de mult ar fi trimis pe cineva după el. Dacă nu trimite, asta e.

Nici în camera ei n-a intrat – și-așa era nevoită să petreacă acolo nopți lungi și întunecate, oftând și văietându-se necontenit, întorcându-se de pe o parte pe alta și așteptând fără rost să adoarmă. Reușea să ațipească abia către dimineață, când cerul somnoros începea să stingă luminile tot mai slabe ale stelelor. De atunci și până la primul claxon scos de camionul gunoierului, Vardanuș se pierdea într-un somn scurt, în care cădea de fiecare dată ca într-o prăpastie neagră și fără fund. Vise nu avea, sau nu și le amintea, și se bucura sincer de asta: bunica, fie-i țărâna ușoară, o încredința că visele sunt relația celor din jur cu omul, și cum gândesc ei despre el, așa sunt și visele lui. Nu că Vardanuș ar fi crezut vorbele ei, dar, știind cât de puțin o plac berdenii, absența viselor o liniștea.

„Numai asta mai lipsea, să mă chinuie și noaptea", bombănea ea doar pentru sine, scârțâind cu mătura din flori pe pământul uscat și dând frâu liber supărării surde care-i năpădea sufletul ori de câte ori își amintea de consăteni – văd paiul din ochii altora, dar bârna din propriii ochi, nu! Uite, până și Așhen. Cu ce privire acuzatoare o urmărise azi, pesemne gândindu-se că vecina ei de lene nu voise să stropească curtea. Sau și mai rău: că înadins nu făcuse asta, ca s-o înece pe ea în nori de praf. Dar pentru ce să stropești curtea, întreb, dacă acuși vine ploaia? Când e cerul senin, poate nu-ți dai seama, dar Vardanuș adulmecă vremea rea dinainte: corpul i se sucește și o doare, fiecare oscior se face simțit, și capul îi bubuie de-i vine să se întindă și să moară. Ce să spui despre vecina asta, căreia puțin îi pasă de explicațiile tale, pentru că deja a hotărât că știe totul despre tine? Dă binețe, ba mai și zâmbește. Ipocriți oameni și berdenii ăștia, una-ți zic în față și alta gândesc pe la spatele tău! Mai bine-ar trece pe lângă ea și n-ar băga-o în seamă, a trăit cincisprezece ani fără ei, o să trăiască și mai departe!

În ciuda hotărârii ei belicoase, singurătatea o apăsa pe Vardanuș. Când devenea cu totul de neîndurat, trecea pe la Ovinanț Mariam – singura cu care ținea legătura. Mariam făcea un ceai de mentă și aducea o tratație simplă. În timp ce Vardanuș povestea una-alta, ea tricota sau broda – nu era obișnuită să stea fără să facă nimic. După ce vorbea pe îndestulate, Vardanuș se pregătea să plece, fără să se fi atins de ceai.

— Pot să mai vin? întreba, șovăind în prag.

Mariam încremenea o clipă, neînțelegând parcă ce e întrebată, apoi bătea din palme:

— Vardanuș-*mokir*, de ce întrebați? Veniți când vreți. Oricând mă bucur să vă văd.

— Mulțumesc, fetițo.

În albumul de școală al fiului ei, chiar pe prima pagină, înfiptă în colțuri de carton dublu, era o fotografie alb-negru mare și frumoasă: el cu Mariam, elevi în clasa întâi, emoționați, stând în bancă, cu mâinile împreunate stângaci în fața lor. Mariam are părul împletit în două codițe subțirele, legate cu funde mari. Gulerul de la cămașa băiatului e răsfrânt, Vardanuș își trecea mereu degetul pe sub el, încercând să-i îndrepte marginea rebelă. Are ochii mari, un pic bulbucați, sprâncene albicioase – în fotografie nici nu se disting. Albicioase, dar dese, nu cum le au copiii, Vardanuș încă din primele zile ale vieții lui își umezea un deget cu salivă și încerca să i le netezească și să le dea o formă. El se ferea și scutura din cap – nu-i plăcea să fie atins.

Vardanuș îl crescuse singură – soțul ei, plecat să-și câștige traiul în Nordul îndepărtat, își găsise acolo o altă femeie, la început sunase și trimisese bani, apoi încetase. Ea se așteptase în sinea ei la asta, fiindcă știa că majoritatea bărbaților care lasă o familie pentru alta rup obligatoriu orice fire care-i leagă de trecut, ca să-și potolească mustrările de cuget. Așteptând ca soțul să dispară din viața ei pentru totdeauna, Vardanuș a scos în curte toate lucrurile care-i aminteau de el și le-a dat foc fără milă. La vremea aceea băiatul ei avea trei ani și, neînțelegând ce se petrece, se bucura de flăcări, alerga în jurul lor, aruncând ba o crenguță, ba un fir de iarbă; Vardanuș nu-l împiedica și privea cu reală plăcere cum dispar în foc chitara preferată a soțului, cărțile lui, sacoul de tweed la două rânduri, pentru care strânseseră bani îndelung, economisind din salariul lui modest, cămașa de bumbac albă ca neaua și corăbioare bleumarin minuscule pe manșete – Vardanuș i le brodase într-o noapte. Bărbatul ei purta cămașa asta cu mândrie, n-o luase cu el în Nord – se temea că o pătează și nu se mai ia. Promisese de toate: Mă-ntorc, îmi pun cămașa și ne ducem la filmul care-ți place ție: *Trei plopi pe Pliușciha*. Nu s-a întors, nu s-au dus.

Băiatul a fost un copil neascultător, făcea totul după capul lui, deseori împotriva voinței mamei sale. A făcut armata, a studiat la Institutul de Agronomie. S-a însurat, fără să-i ceară binecuvântarea, cu o fată fără școală – opt clase, îngrijitoare la creșă. Lui Vardanuș nu i-a căzut bine alegerea lui, dar n-avea ce face, doar nu-i putea lăsa pe tineri în stradă. Nu și-a mustrat fiul, îl iubea prea mult, dar pe noră, o fată de casă liniștită și tăcută, supusă cu totul autorității ei, o chinuia cu observații usturătoare. Orice-ar fi făcut aceasta, soacrei nu-i era pe plac: rufele nu aveau destul apret și erau prost călcate, pâinea era tare ca piatra – a frământat aluatul și au rămas urme pe podea după ce fusese spălată. „Unde vezi tu urme", s-a stropșit odată fiu-său la ea, pierzându-și răbdarea. „Unde trebuie, acolo le văd", a exclamat Vardanuș. Noră-sa își ștergea lacrimile în tăcere. Totul în postura ei – capul plecat, degetele care trăgeau febril de marginea mânecii – vorbea despre nefericirea ei adâncă. Vardanuș s-a oprit, simțind o împunsătură de remușcare, și chiar a lăsat-o în pace o vreme, dar apoi a reînceput cu râvnă proaspătă s-o cicălească, revărsând asupra ei toată răutatea care se adunase în ea în anii lungi de singurătate.

Războiul i-a răpit fiul într-un februarie feroce. După ce l-a înmormântat, Vardanuș, fără să se îndoiască o clipă de dreptatea hotărârii ei, a dus-o pe nora însărcinată să scape de prunc. Sarcina nu permitea – era în cinci luni și jumătate, dar a găsit un medic disponibil și, plătindu-i bani grei, și-a făcut voia. Nora, copleșită de suferință, s-a supus fără crâcnire, dar când a ieșit din spital și-a adunat lucrurile și a plecat la ai ei.

Din ziua aceea berdenii i-au întors spatele lui Vardanuș. Ea, socotind că e sub demnitatea ei să explice ceva cuiva, a rupt toate legăturile cu ei fără nici un regret. Trăia apăsată de singurătatea sa, dar într-o anumită măsură a ajuns s-o simtă ca pe o rudă. Își interzicea să-și plângă fiul, la cimitir se ducea rar. Când pe lângă curtea ei alerga o ceată de copii gălăgioasă în drum spre râu, ea se îndrepta de spate, ducea palma făcută streașină la frunte, ca să-și apere ochii de soarele orbitor, și căuta cu privirea printre ei pe cei de vârsta pe care-ar fi avut-o copilul fostei nurori. Șoptea, mișcându-și fără sunet buzele: Uite unul, uite încă unul. Timpul a trecut, nora s-a recăsătorit și a avut copii. Vardanuș ținea minte și acum când ea, palidă, cu cercuri întunecate sub ochi, cu mâna pusă ca de obicei pe burta crescută și sugând-o speriată, străduindu-se să nu facă zgomot și să nu atragă atenția, își aduna lucrurile. Plecase, lăsând pe comodă singura ei avere – verigheta. Vardanuș o strigase, dar ea nu se întorsese. Dacă auzise sau nu, numai Dumnezeu știe.

Salvarea

Soacrelor din Berd le place să repete că Ovinanț Mariam e cea mai bună, alta ca ea nu mai e. Spală impecabil – albăstrește rufele cu măsură, le apretează cu măsură, nu le usucă prea tare. Le calcă cu fierul greu și ascuțit, le așază în teancuri ordonate, neapărat pune între ele săculeți din pânză cu levănțică de munte. Dacă ridici capacul cufărului cu albituri, miroase atât de curat și de pur, că nu îndrăznești nici să stai prea aproape, darămite să te uiți.

Cârpește Mariam așa de bine, că nici nu distingi cusătura pe material. Spală geamurile în trei ape – cu săpun, obișnuită și amestecată cu oțet de vin. Lustruiește podelele cu ceară de albine de strălucesc ca bălțile în nopțile cu lună. Curtea ei e întotdeauna măturată, lemnele sunt stivuite în rânduri egale, precum celulele într-un fagure, potecile din grădină sunt pavate cu pietriș de râu – cine, în Berd, își bate capul cu frumusețea potecilor din grădina de zarzavat? Numai Mariam.

Gătește atât de gustos, că mănânci și nu te saturi. Pâinea-i ușoară, de zici că aluatul nu-i făcut din făină, ci din lumina cerească a soarelui, conservele miros a vară, iar *gata*, pe care înadins o ține în cuptorul care se răcește până capătă o crustă crocantă, se topește în gură.

— Dacă vrei să fii o gospodină adevărată, ia exemplu de la Ovinanț Mariam, le spun soacrele din Berd nurorilor. Acestea se supără, dar tac – cine ar îndrăzni să rostească o vorbă împotriva lui Mariam? E cea mai bună, alta ca ea nu-i, și nurorile pesemne că știu asta.

Înainte Mariam avea o familie mare: un soț, copii, o soacră și un socru în vârstă, o bunicuță bătrână. Înainte avea totul – o casă de piatră, o grădină cu alei îngrijite – soacră-sa le aducea pe vecine să se laude. Avea și o livadă de piersici, chiar la graniță – la gura râului de munte zgomotos. În anul acela s-a făcut o recoltă nemaivăzută, familia a plecat s-o adune, iar Mariam a rămas să fiarbă siropul pentru dulceața de piersici. Cine s-ar fi putut gândi că războiul o să înceapă brusc și fără veste, cine-ar fi putut ști?

Pământurile de la graniță au fost recuperate abia la sfârșitul iernii. Rămășițele sfârtecate ale soldaților au fost îngropate în livada de piersici. Mariam s-a dus acolo, s-a întins pe movila mormântului și nu s-a mai ridicat. Au găsit-o spre dimineață, tremurând până-n măduva oaselor, cu genele și buzele înghețate. Au îngrijit-o îndelung, și-a revenit. La vremea aceea livada de piersici fusese cucerită din nou, și a rămas pentru totdeauna de partea cealaltă a graniței.

Fiecare zi a lui Mariam seamănă cu cealaltă, ca pietrele din mătăniile bunicuței ei bătrâne – mătură curtea, udă grădina, încinge cuptorul, frământă aluatul, coace pâinea. Face totul pe îndelete, conștiincios – spală geamurile în trei ape, apretează și calcă rufele cu grijă, neapărat pune între ele lavandă uscată – să le ferească de moliile omniprezente.

Fiecare are adevărul lui. Al lui Mariam e simplu, nici că se poate mai simplu: oricât te-ar durea sufletul și oricât ți-ar plânge inima, ține curat peticul de lume care ți-a fost încredințat. Că altceva nu poți să faci pentru salvarea lui.

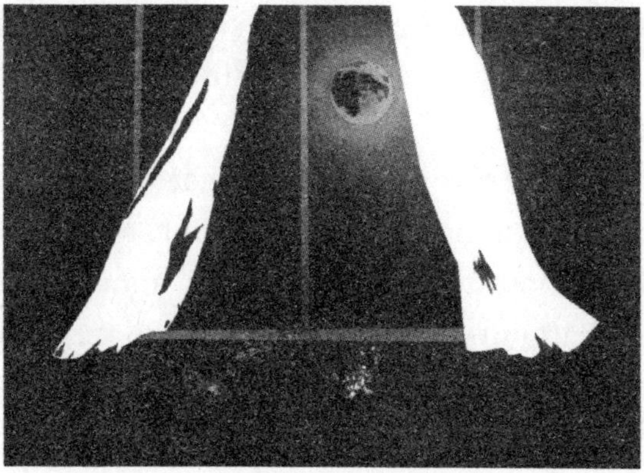

Ceţurile

Paşoianţ Sona desenează ceţurile copilăriei sale. În Berd ele sunt deosebite: dese, de nepătruns, coborând pe munte ca nişte râuri de lapte – înainte, înainte, spre curţi, spre porţi, spre verandele lipsite de apărare. Pare că dacă le împingi cu umărul sticla va fi spulberată-n cioburi, şi atunci ceţurile, pătrunzând în case, le vor dizolva fără urmă: a fost Berd – acum nu mai e.

Paşoianţ Sona desenează ceţurile copilăriei sale. În tablourile ei, ele miros a singurătate şi dor. Nu doar descriu spaţiul, ci îi schimbă esenţa – nu mai departe decât ieri puteai ajunge până la casa vecină într-o clipită, iar acum pare că va dura o veșnicie. Cețurile Berdului nu știu să se socotească cu timpul – ele există în acea dimensiune unde el nu există.

Pașoianț Sona are o familie mare: mama, tata, trei surori mai mari, un frate mai mic. Mama predă limba și literatura rusă la școală, tata e medic. Când războiul e în toi, el trebuie să plece la spital sub bombardamente, și nimeni nu știe dacă a ajuns sau nu, fiindcă nu poți să suni și să întrebi – telefoanele tac.

Clădirea de piatră a școlii nu mai există de mult – se învață în corturi militare jilave. Fără electricitate, fără căldură. Iarna e atât de frig, încât copiii scriu fără să-și scoată mănușile. Mama stă apoi până târziu să le descifreze mâzgălelile – mănușile deformează mult scrisul. În ultimele zile rămâne la serviciu până noaptea – pregătește lecția deschisă despre Byron, repetă un spectacol cu elevii din clasele mari. „Pentru ce? Pentru ce faci asta?“ a întrebat-o Sona, cu disperare parcă. „Trebuie să trăim“, a răspuns mama cu o voce egală.

Trăiesc. Dorm în hol – cea mai sigură încăpere din casă. Tata se întinde lângă ușa de la intrare, ca, dacă începe bombardamentul, să plece imediat la spital. Surorile mai mari se culcă la marginile saltelelor puse pe podea, lăsând în centru loc pentru cei mici. Băiețelul e foarte mic, are doar patru ani, când se trage în Berd, își îngroapă fața în palme. „Poate mai bine să-ți acoperi urechile? Că zgomotul te sperie mai tare!" îi spun surorile lui. Băiețelul își ascunde fața în palme și tace.

Sona știe despre război multe pe care n-ar fi vrut să le știe: că, atunci când mergi la culcare, trebuie să încui toate ușile, iar pe cele care au geam trebuie să atârni pături, ca, dacă le lovește un val de explozie, să nu te rănească cioburile. Că nu trebuie să ceri pâine când nu este – n-o să-ți astâmperi foamea, dar o s-o faci iar pe mama să plângă. Că nu poți să te plângi de frigul mușcător, fiindcă sunt și lucruri mult mai periculoase. Că nu trebuie să plângi când ți-e frică, pentru că ți se face și mai frică. Trăiește – ca în ceață – și nu te văicări.

Uneori vin scurte perioade de liniște, iar oamenilor li se pare naiv de fiecare dată că sunt pentru totdeauna. Și cum ar putea fi altfel, dacă în zori cântă fără griji cocoșii, la amiaza fierbinte, cicadele, iar la apus, greierii? Noaptea sunt atâtea stele, de-ai crede că cineva a aruncat pe cupola cerească o ghirlandă de Crăciun și înadins n-a mai stins-o. Sona stă în patul ei – ce fericire să nu stai pe podeaua holului, ci în patul tău – și privește cum pe cer se rostogolește cercul mare al lunii. Bunica povestea că înainte luna era o fată foarte frumoasă, dar leneșă, prefera să se odihnească și să petreacă pe malul râului în loc să muncească. Odată, mama ei a rugat-o s-o ajute să facă pâinea, dar luna nici nu s-a învrednicit să-i răspundă – își admira reflexia în unda râului. Și atunci, mama ei, supărată, a aruncat în ea cu un boț de aluat, nimerind-o în față. Luna a căzut în râu, și acesta a purtat-o până la cer. De atunci, drept pedeapsă pentru lenea ei, ea e nevoită să strălucească atunci când alți oameni se odihnesc. Și, dacă te uiți cu atenție, poți desluși pe fața ei semnul aluatului uscat.

Sona adoarme mult după miezul nopții, așteptând până când chipul obijduit al lunii se ascunde după cornișă. Noaptea e îndurătoare și liniștită, pe cer stelele șușotesc ceva, lumea e adormită de cântecul de leagăn al greierilor...

Explozia se produce foarte aproape, lângă pereții casei. Sona e aruncată în singurul colț sigur al camerei. Stă întinsă pe spate, cuprinzându-se cu brațele, iar prin aer se învârtejesc petice de perdele arse. Ele cad peste ea ca niște fulgi negri de funingine, și singurul gând care îi stăruie în minte e cum ar putea să le distingă pe un întuneric atât de nepătruns. Din locul în care se află Sona, se vede căușul Ursei Mari și steaua albă din coada ei.

Dimineața iese soarele. Berdul strălucește în razele lui ca o ghirlandă de Crăciun – e acoperit de cioburile geamurilor sparte ca de un covor. Sunt atât de multe, încât pare că sub acoperirea nopții au fost aduse aici toate geamurile lumii și au fost fărâmițate deodată. Tata vine de la spital doar ca să se convingă că sunt toți teferi. Se așază o clipă să se odihnească – și cade într-un somn adânc. Sona îl mângâie pe obraz – de-atâta vreme e neras, că în curând o să fie de-a dreptul bărbos. Surorile mai mari acoperă ferestrele cu folii de plastic – într-o zonă aflată sub blocadă n-ai de unde să faci rost de geamuri, și nici n-ar avea rost să le pui, de vreme ce vor fi spulberate de următorul bombardament!

Pașoianț Sona își mângâie tatăl adormit cu palma arsă. Deja desenează Berdul – acela care va rămâne mereu cu ea. Îl va desena de-a lungul multor ani, când orice foșnet îi va provoca un atac de panică: „Sindrom postbelic“, își va desface brațele neputincios un medic. Când ea, o femeie sănătoasă și frumoasă, va afla că, după toate probabilitățile, n-o să poată avea copii: „Se întâmplă, la fetele care au trecut prin traume atât de mari în copilărie, în special foamete“, clatină din cap un alt medic. Când ea va refuza să plece cu o expoziție în îndepărtatul New York: „Frica de spații largi este una dintre urmările stresului trăit în timpul războiului", îi va explica un al treilea.

— Și eu ce să fac? îl întreabă Sona pe al patrulea.

— Știi să desenezi. Încearcă să-ți desenezi frica. Poate că astfel o să reușești să scapi de ea.

Pașoianț Sona desenează Berdul: copii speriați, femei rănite, bărbați neputincioși – în brațele unei ceți tăcute și indiferente.

Pașoianț Sona se luptă cu fricile ei cum poate – singură.

Pașoianț Sona. Sora mea mai mică.

În loc de postfață

„Viața învinge mereu moartea“, spunea bunica Tata. Eram mică, nu înțelegeam prea bine ce vrea să zică, ridicam din umeri și oftam. Mi se părea că e un joc: oamenii mari trebuie să rostească vorbe plictisitoare și neclare, iar copiii să le asculte fără să le pătrundă înțelesul. Apoi Tata n-a mai fost, și odată cu ea s-a sfârșit copilăria. Iar apoi au venit războiul și multe lucruri pe care aș vrea să mi le pot șterge din amintire pentru totdeauna.

Dar n-am putut să fac asta.

Una dintre povestirile din volum este despre sora mea mai mică, Sona. E o încercare dificilă să vorbești despre ceva dureros pentru familia ta, și de aceea am făcut-o cu multă greutate. Am stat pe gânduri dacă s-o pun în carte sau nu, i-am cerut sfatul Sonei. Ea a spus că nu e câtuși de puțin povestea ei. E povestea acelui război pe care am avut nenorocul să-l trăim. Și despre asta e obligatoriu să scrii, în speranța că... – aici sora mea s-a întrerupt la jumătatea frazei.

— În speranța că... ce? am întrebat eu.

— Că se vor reface îmbrățișările rupte? a răspuns ea șovăind.

Să scrii despre război e ca și cum ai distruge în tine speranța. Ca și cum ai privi moartea în față, străduindu-te să nu-ți ferești ochii. Căci dacă ți-i ferești, te trădezi pe tine însuți.

M-am străduit cum am putut. Nu sunt sigură că am reușit.

Nu demult, familia noastră a avut o mare bucurie – sora mea a născut un băiat. Îmbrățișările rupte s-au refăcut, vorbele bunicii Tata și-au aflat adevăratul înțeles.

Viața e mai dreaptă decât moartea, tocmai ăsta e adevărul ei indestructibil.

În asta trebuie neapărat să credem ca să trăim mai departe.

Cuprins

Raftul Denisei

AUTOAREA BESTSELLERULUI **DIN CER AU CĂZUT TREI MERE**

NARINE ABGARIAN

SIMON

ROMAN CÂȘTIGĂTOR AL BOLȘAIA KNIGA 2021 PREMIUL CITITORILOR

TRADUCERE DE LUANA SCHIDU

HUMANITAS fiction

Raftul Denisei

PREMIUL IASNAIA POLIANA 2016

NARINE ABGARIAN

DIN CER AU CĂZUT TREI MERE

„CITIȚI ACEST ROMAN. ESTE BALSAM PENTRU SUFLET."
— LUDMILA ULIȚKAIA —

HUMANITAS fiction